JN106729

日本人が苦手な語彙・表現がわかる

「ニュース英語」の読み方

三輪裕範

Discover

運転者

未来を変える過去からの使者

喜多川泰

プロローグ

――今年は本当に大活躍でしたね。

　ＤＪの弾んだ低音の声がカーラジオから流れてきた。

――ありがとうございます。

――作詞も作曲も自分でされているということですが、いつから音楽の世界でやっていこうと思ったんですか？

――私の場合は結構遅くて、中学生の頃父親がギターを……ガガッ……先ほどの打席ではチャンスで凡退をしているだけに、ここはどうしてもランナーを返したいところです。こういうときのバッターの心理というのはどうなんですか？

　後部座席の修一に気をつかったのだろう。修一と同世代に見える運転手はラジオの番組を変えて、野球中継にした。

「なんだか最近の若い人の曲はよくわからんですよね」

運転手はミラー越しに修一の顔を見た。

修一は苦笑いをして答えた。

「そうですね。ただ、私としては野球よりさっきの音楽番組の方がいいんですけど」

「ああ、それは失礼……」

そう言って運転手は慌てて番組を元に戻した。


――……お父さんは何のお仕事を?

――ファイナンシャルプランナーです。

――そうですか。そのお父さんのおかげで今があるというわけですね。じゃあ曲の方、いってみましょう。今月二十日新たにリリースされたアルバム『Life is beautiful』より『TAXI』です。これはどんな曲なんですか?

――私、ある日ちょっと変わったタクシーに乗って、その日から人生が変わったんです。その経験をベースに曲を作りました。

――そうなんですね。それでは聴いていただきましょう。YUMEKAさんで『TAXI』。

修一は聞いたことがない曲だったが、耳障りな感じではなかった。

「ちょっと変わったタクシーで人生が変わった……か」

そう独り言を言って思わず笑みを浮かべる修一の脳裏に、最近は思い出すこともなかった十年ほど前の出来事がよみがえってきた。

もくじ

デッドライン

「一年というのは長いように思えて、過ぎてしまえばあっという間だ」

年末ともなれば誰もが漠然とそんなふうに感じるものだが、生命保険の営業職に転職してからの岡田修一にとって、一年という時間の短さは、骨の髄まで浸み通る恐怖感以外の何ものでもなかった。毎月、その重みに押し潰されそうになる。

同じ職種でも会社によっては固定給のところもあるのだろうが、修一の会社はそうではない。

「フルコミッション」、すなわち「完全歩合制」だ。

その給与形態で働いたことのある者なら、その恐怖感はわかるだろう。自分が新規で獲得した生命保険の契約は向こう一年間、保険料の一定割合が自分の給料になる。その数値は会社によってさまざまで、修一の会社はまずまずもらえる方だろう。ただし、最初の一年間が終わると、その割合はガクンと減る。それが修一の会社のルールだ。つまり給与としてあてにできるのは最初の十二ヵ月だけで十三ヵ月目からは、ほぼないに等しいほどの額になってしまうのだ。つまり、そうなる前にまた新しい契約を取らなければいけないわけだ。

「あと半年ある」

と思っていた頃は、まだそれほど焦りはなかったのだが、

「あと二ヵ月しかない」

と思うようになってからは食事もあまり喉を通らなくなり、夜もなかなか眠れなくなってきた。

修一は決して一流とは言えない東京の私立大学を卒業した。当然のように就職活動に苦労し、ようやく自分を採用してくれるところを見つけ、そこに入社するも、その後、転職を繰り返し、今の職業に流れ着いた。

前職は中古車販売会社の営業だったが、修一のように中古車販売から保険代理店に転職する者は少なくない。種類は違うが車の販売でも保険を扱うし、何より顧客とのつながりが幅広く、かつ深い。家族構成もわかっているし、子どもの年齢もわかる。しかも、どんな車をどういう方法で買っているかを知っているということは、つまり相手の収入や生活

スタイルも知っているということなのだ。それらの情報は、この仕事にとって何より大きな武器になる。

転職のきっかけは、先に転職をした先輩から、その中古車販売の会社の悪口を散々聞かされ、転職後の生活の素晴らしさをとうとうと聞かされたことだ。確かにその会社には理不尽なことも少なくなかった。

「チャンスさえあれば、もっと条件がいいところに転職を」

というのは、修一だけでなく誰もが考えていたことだが、そんな修一の心をくすぐるように、その先輩は、

「遊んでいても契約さえ取れればいいから、楽して儲かる」

「自分の頑張り次第でどこまでも稼げるのが、この仕事のいいところだ」

「お前も、絶対こっちの方がいい」

と、会うたびに修一を自分の会社に勧誘してきたのだ。

その誘いに乗る形で同じ保険代理店に入ったのだが、その先輩もいつの間にかいなくなった。

転職直後に過去の人脈を駆使して契約を取りまくった結果、月あたり六十万円近くの給与を一年目から手にしていたその先輩にも十三ヵ月目はやってくる。修一が誘いに乗って

転職をしてから半年もしないうちに、先輩の言う文句は今の会社のものに変わり、収入がほぼなくなる頃には、会社から忽然と姿を消す形でいなくなった。

ちゃんと統計をとったかどうかは知らないが、「十年続けられる人は全体の三パーセントもいない」と言われている業界だ。実際にこの仕事を始める前に、どうしてそうなるのかなんて考えもしなかったが、今は十年続ける難しさがよくわかる。

「おはようございます」

修一の発するその言葉が言い終わらないうちに、出社したばかりの修一を待ち構えるようにしていた社長の脇屋武史が、

「岡田！」

と声を上げた。

脇屋はシワのないスーツをスタイリッシュに着こなすのが常で、日々蒸し暑くなる一方の今の季節でもスーツの上着を欠かさない。シルエットにもこだわりが強く、仕事帰りにはジムに行って身体を鍛えている。髪もいつもきっちりセットしていて、いつもかけているおしゃれな眼鏡は、ファッションのための伊達なのか、眼鏡本来の役割を果たしているのかわからない。

修一と同世代で、三十歳でこの会社を立ち上げ、それから十八年間で会社の規模を少しずつ大きくしてきた。今は修一を含めて従業員が六名いる。決して大きい会社とは言えないが、たった一人で始めたこの業種の会社を、ここまで成長させてきたのは、並大抵のことではない。

実際に会社の業績のほとんどを脇屋が支えている。会社の中で唯一、十年連続でMDRTのメンバーに名を連ねていることからも、彼が優れた保険の営業マンであることがわかる。「MDRT」というのは、生命保険と金融サービスの専門家による国際的組織で、メンバーになるためには相当な金額の保険契約を取ることが条件となっている。それを十年連続で続けるなんて、少なくとも修一にはできないことだ。一年すらできない。

「はい」

驚いて返事をして脇屋のデスクに近づくと、脇屋は眼鏡の奥の目を鈍く光らせながら修一をにらみつけている。脇屋のその目は以前も見たことがある。修一が契約してきた保険が解約になったときだった。嫌な予感を感じながら、修一がもう一度返事をした。

「はい……」

脇屋は、手にしていた書類を机の上に投げ出すようにしてから、その空いた手で眼鏡を外すと、反対の手で目頭を押さえてから、もう一度眼鏡をかけ直しながら言った。

「西導ゼミナールわかるか?」

「はい……」

修一の声はか細く、今にも消え入りそうに震えていた。

「解約になったぞ」

修一は思わず絶句した。

十ヵ月前、飛び込みでふらっと入った学習塾の教室だ。ラッキーなことに教室長をしている朝倉悠人が「話を聞きたい」と最初から乗り気で、即契約となった。

聞けば、最近結婚をして奥さんが妊娠したということだったが、それを機に生命保険への加入を考えているところだったらしい。まさに渡りに舟だったわけだ。

若い先生たちであふれかえっていたその教室は、教室長の朝倉すら保険に入っていなかったくらいだから、他に誰も入っている人がおらず、朝倉の教室長という立場からくる求心力も相まって、彼が何気なく放った「お前たちも入っておいた方がいいぞ」のひとことで、「俺も、俺も」という雰囲気になり、あれよあれよという間に、同じ会社の別教室の先生にまで広がり、二ヵ月の間に二十件の申込になったのだ。

そのときの修一は、まさに運良く救われたと言っていい。それがなければ今頃この仕事を続けられてはいないだろう。それほど当時の修一は契約が取れずに追い詰められていた。

「誰……ですか？」

修一は気を取り直したが、緊張で渇いた喉からは声が出ず、そうひとこと口にするのが精一杯だった。

脇屋は長い息をはきながら首を横に振った。

「全員だ」

修一は頭が真っ白になった。二十名分の一年以内の契約解除。来月分の給与からその分の保険料が引かれるのはもちろんのこと、これまで十ヵ月間に支払われた保険料も保険会社に戻さなければならない。頭の中でざっと計算してみるだけでも、恐ろしい金額になるのがわかる。

「だめだ。終わった……」

修一はそう思った。

脇屋の座っているデスクの壁には、額に入った色紙が飾られてある。

誰が書いたものかはわからないが、脇屋の好きな言葉だ。

――プラス思考で、誰よりも笑おう。

脇屋もことあるごとに朝礼などで、

「プラス思考で行こう」

という話をするが、もともとマイナス思考の修一は、そう言われるたびに、

「行こうって言われて、そうなれるんなら誰だって苦労しないよ」

と頭の中で反論していた。もちろん口に出したことはない。

日頃からできないことなのに、最悪の状況に追い詰められたこの出来事をプラスにとらえることとなんてできるはずもない。そして、とうてい笑えない。

途方に暮れる修一に脇屋は声をかけた。

「そこに突っ立っててもしょうがないだろ」

修一は我に返った。

「は、はい……。とりあえず西導ゼミナールに行ってみます」

力なくそう言った。行ってみたところでどうしようもないであろうことは誰もがわかっている。それどころか塾がこんな朝から開いているはずもないのだが、誰も修一を止めはしなかった。

「こいつも、そろそろいなくなるな」

という空気感が事務所に漂うなか、修一は今着いたばかりの事務所をあとにした。

朝倉は苦笑いをしながら修一に言った。

「いや、お世話になった岡田さんには申し訳ないとは思ってるんですよ。でも、相手は生徒のお母さんですからねぇ……」

話をしている横を、通塾してきた中学生たちが朝倉に挨拶をしながら通り過ぎる。朝倉もどちらかというと、修一の方よりも生徒たちの方に顔を向けて、

「こんにちは」

と挨拶をしながら話している。

そろそろ授業が始まる時間なのだろう、周りの先生たちもあわただしく動き始めた。彼らも保険を解約した一人なだけに、こちらの様子が気になるのだろう、ちらちら目を向けてくる。朝倉が首尾良く話をまとめてくれるのを期待しているようにも見える。

「そうでしょうけれども、ひとこと、ご相談いただければ……」

「いや、相談する暇なんてないですよ。岡田さんもわかるでしょ。保険の営業のおばさんの強引さは」

もちろんわかる。修一はこの仕事を始めて三年目だが、キャリアの浅い主婦の方がどんどん契約を取ってきて、あっという間に業績で抜かれることなどしょっちゅうだ。一度波に乗った彼女たちの勢いというか、強引さは、とても修一が真似できるものではない。第

一、修一の娘も塾に通ってはいるが、自分なら、そこの先生に保険の営業をかける気にはなれない。
「それに、保険料も大幅に安くなるんですもん、しょうがないですよ。岡田さんのところよりも月あたり一万四千円もお得だったんですよ」

「それは……」

と言いかけて修一は、言葉を止めた。頭に血が上っているのがわかる。この状態で話をしてもいいことがない。喧嘩をしに来たわけじゃないのだ。

安くしようと思えばもちろん修一の会社の保険だって安くできた。それをあえてしなかったのは、目の前の朝倉の将来のことや必要な保障を真剣に考えてのことだったし、「掛け捨て型よりも積立型の方がいい」と、保険料が安いプランの提案を断ったのは朝倉の方だったじゃないか。つまり、朝倉も納得した上での契約だったはずだ。

金額と相手の会社名を聞けば、どんな言葉で契約変更までこぎつけて、どんな内容の保険に変えたのかはすぐわかる。だからこそ、ひとこと言っておきたいという思いが強くなるのだが、他社の悪口を言って営業しない、というのが修一が貫いてきたポリシーだけに、そこはグッと言葉をのみ込んだ。

「朝倉さんが保険に求めるものを見直したのであれば、弊社の方でもお安くは……」

朝倉は苦り切った顔で、修一の話を制した。

「岡田さん、ごめんなさい。もう授業なんで。とにかくもう変更してしまったし、もう一度変えるつもりはないですから。こちらもご縁を大切に商売をさせてもらっていますから、生徒の保護者との縁を切るわけにもいかないいんですよ。わかるでしょ。状況は他の先生たちも同じなので、申し訳ありませんが、今までありがとうございましたということで……」

それですべてをわかってくれと言わんばかりに、朝倉は頭を下げて、椅子から立ち上がった。

修一は、もう一度食い下がろうとしたがやめた。

脇屋の叱責から逃れるように事務所を出てはきたものの、ノーサイドなのは最初からわかっていたのだ。契約解除をされてからノコノコやってきたところで、

「ああそうでしたか、じゃあやっぱり戻します」

なんて結果になることなんてないことくらい、修一にだってわかっている。

「わかりました。残念ですが、今までお世話になりました。また何かお役に立てることがございましたら、いつでもご連絡ください」

修一はできる限り心を落ち着けて、無理矢理笑顔をつくって言った。そんな連絡なんて

あるはずがないし、万一、連絡があったとしても、そのときに、修一がこの仕事をしている可能性はかなり低い気がした。

朝倉の顔にフッと安堵の色が浮かんだ。


建物の外に出ると、修一は大きくひとつため息をついた。

天気はいいが路面が濡れている。雨でも降ったのだろうか。

胸ポケットに入れたケータイがさっきから何度も震えている。脇屋からかと思ったが、妻の優子からだった。修一はムシャクシャした気持ちのままに電話に出た。

「何？　……今仕事中だけど……」

優子はかまわず続けた。

「ねえ、わかってる？　今日、夢果のことで学校で話があるって」

優子の声も苛立っている。修一は慌てて時計を見た。夢果のことで学校から話があるから、いっしょに聞きに来てほしいと優子に言われていたこと自体を忘れていたが、とっさに嘘をついた。

「わかってるさ。わかってるけど、こっちは仕事してんだよ。途中で抜けられないだろ」

「それはわかってるわよ。行けないんなら行けないで連絡してほしいだけ。ダメなら、私一人で行くから」

修一は電話の向こうに聞こえないように舌打ちをした。だったら最初から、「いっしょに来て」なんて言わずに、「一人で行く」と言ってくれればいいのに。

「じゃあ、聞いてきてくれよ」

「わかった。それから旅行の代金振り込んだ？」

修一は返事に詰まった。

「いや……まだ」

「ちゃんと振り込んでよ。来週までに振り込まないとキャンセル扱いになるから」

「ああ……それより」

「何？」

「いや、何でもない。とにかくよろしく頼む」

電話を切る直前に、優子のため息が聞こえた。

初めてのパリ旅行を楽しみにしている優子には申し訳ないが、旅行の計画を立てたときとは状況が変わってしまった。旅行の代金として払うつもりだったお金は、そっくりそのまま、いや、その何倍もの額を会社に返さなければならない。

修一は、その説明をするときのことを考えると気が重くなった。

学校でもどんな話をされるのかは、なんとなくわかっている。娘の夢果は、新学期になって少しして学校に行かなくなっていたのだ。

修一はもう一度時計を見た。タクシーで行けば二十分遅れくらいでは着きそうだ。顔ぐらいは出せるかもしれない。修一は通りに出て走っている車の流れを見た。ちょうど百メートルばかり後方から、タクシーが走ってくるのが見えた。修一は手を上げたが、車は修一の手前の交差点で左に曲がってしまった。

「チッ」

修一は交通量の多い大通りまで歩いて出ることにした。歩きながら一件電話をかけなければならない。先ほど優子からの電話に出るときに、スマホの画面に別の着信があったことを知らせる表示があった。田舎で一人暮らしをしている母の民子からだった。

年老いた母が電話をしてくるのは、どうしても電話をしなければならないそれなりの理由があるときだけだ。どんな用件かはわからないが、少なくとも明るい話題ではなさそうだということくらいは感じる。

とはいえ、どんな用件かわからぬモヤモヤをそのままにしておくことの方が精神衛生上良くない。修一はすぐに画面に触れて、実家に電話をかけた。

呼び出し音がしばらく鳴るが、なかなか出ないのはいつものことだ。時間帯を考えると、今頃は台所に立って一人分の夕食を作っているのだろう。修一は実家の間取りを脳裏に浮かべていた。

電話の音に気づいて、シンク下の扉の取っ手にかけてあるタオルで水に濡れた手を拭いて、そこから電話のところまで歩いていく、最近膝が痛いと言っていたからそこまで行くのにも時間がかかるだろう。

赤信号で立ち止まっていた修一は、周りの人が歩き出すのを感じて、歩行者用信号が青になったことを知った。

横断歩道の途中で、ようやく民子が電話に出た。

「はい、岡田でございます」

時代が変われば常識が変わる。修一が子どもの頃は、電話に出るときにしっかりと名前を名乗るのが礼儀だと、母の民子から教わった。けれども今、営業でどこの家に電話しても、出た瞬間に名前を名乗る人はいない。電話にはかけてきた相手の番号が表示される。誰だかわからない相手に個人情報を与える必要はない。ことによると相手は、老人を狙った振り込め詐欺かもしれないのだ。そういう時代になった。電話帳にすべての人の家の電話番号が載っていたなんて、個人情報にうるさくなった今の人には信じられないことだろう。

「母さん、相手は誰だかわからないんだから、岡田って名乗っちゃダメだって言ってるじゃないか」

かつてとは真逆のことを、子が親に教える。

「ああ、そうだったね」

民子は悪びれるふうもなく返事をした。

「で、何?」

「いやね、夏休みにはこっちに帰ってこられるのかな……と思って」

夏休みには三人でパリ旅行に行こうと思っていることはまだ伝えていなかった。とはいえ、それすらキャンセルになりそうなのだが……。

「夏休み? どうするかなんてまだ決まってないよ。忙しくってそれどころじゃないんだよ。なんで?」

修一は説明するのが面倒で、適当に嘘を言った。

「まあ、時間がとれればでいいんだけど、お父さんのお葬式のときにも、あなた全然時間がなくて、何の話もできなかったから、一度ゆっくり今後の話をしておきたいと思って……」

修一の父、政史《まさふみ》は半年前に突然他界した。特に持病があったわけでもなく、元気だと思っていた矢先の出来事で修一は驚いたが、突然なのは民子にとっても同じことだった。

亡くなる一、二年前から、何かの用事で電話をすると、切り際に政史が、

「次、いつ帰れるんだ？」

と聞いてきたものだったが、結局、それを聞かれるようになってから一度も会えないままになってしまった。

あのとき、無理してでも帰っておけばよかったと思う。確かに、病気だったとか、最近調子が悪いとかであったならそうしただろう。ところが、何の問題もなく元気だったものだから、忙しさを理由に、とうとう行かずじまいだった。

修一の知っている政史は、息子が実家に帰ってくるのを楽しみに待っているような人ではない。そう考えると、あれほど次に実家に帰ってこられる日を気にしていたということは、政史自身、何かしらの虫の知らせのようなものを感じていたのかもしれないが、今となっては確かめようがない。

政史が亡くなったのが年末の忙しい時期で、そのときも新規の契約をあと数件取らなければ……と追い詰められた時期だった。今思えば、今ほどではなかったのでゆっくりでき

たのかもしれないのだが、とにかくそのときはできるだけ早く仕事に戻ろうということで、お通夜に斎場に駆けつけ、ホテルに泊まり、翌日葬儀にだけ出席すると、すぐにその足で東京に戻った。

「ちょっとはゆっくりしていけば?」

と民子に声をかけられたが、

「今、大変な時期なんだよ」

と余裕なく返事して、さっさと斎場をあとにしてしまったのだ。

修一の実家は田舎の商店街の中で文具店を経営していた。店舗の二階が住まいになっていたので部屋数が少なく、修一はともかく、優子と娘の夢果が泊まれるほどの広さがない。したがって、結婚後は帰省をしても泊まるのはホテルだったからその日もそうしたのだが、考えてみればあの日は実家に顔すら出していない。

「今後の話?」

修一は面倒くさそうに言った。

「何?　電話じゃダメなの?」

民子は笑ってごまかそうとしている。

「まあ、ダメってわけじゃないけど……電話では話しにくいことだから、今度こっちに来たときにでも……」

修一は腕時計を見た。長話をしている暇はないのに、民子はゆっくりとしたペースで話し続ける。修一は苛立ちを隠そうともしないで、民子の要領を得ない話を遮った。

「まあ、優子と相談して決まったら連絡するよ」

「うん。まあ無理しないでいいから。それより仕事はどう？　上手くいってる？」

「ああ。そんなことは心配しないでいいよ」

「身体に気をつけるのよ」

「わかってるって……っていうか、今忙しいから切るよ」

「ああ、ごめんね」

電話を切った修一の足取りは一段と重くなった。

祖母がやっていた「岡田文具店」を、通りがアーケード商店街となったのをきっかけに父が継ぎ、店の名前も「ファンシーショップ　Ｏｋａｄａ」に変えた。修一が小学生に上がる頃である。

文具だけでなく、キャラクターグッズを扱うようになってからは、もはや文具店だとは誰も認識していなかっただろう。店は若い中高生であふれかえり、下校時間ともなると、平日であろうが、店内を移動するのが困難なほどの盛況ぶりだった。当時の両親の一番の悩みといえば、万引き被害と店前に子どもたちが停める自転車の多さによる通行人からの苦情だった。こればかりはどうすることもできなかった。

小さな田舎町ではあるが、商店街のアーケード内はいつも活気があり、なかでも修一の実家の文具店あたりは「市内で商売をするのに一番立地がいい」と言われていた。

政史は酒を飲むと、

「将来は、お前が好きなことをやったらいい。ここだったら何やったって儲かるぞ」

と言って、修一の頭を手のひらで無造作にこねた。

修一はそんなとき、父親のことを商売上手と誇らしく思ったと同時に、そういう素晴らしい条件を子どものために整えてくれていることに感謝した。

そう言われていたのは、修一だけではなかった。同じ商店街の子どもたちは、「実家を継げば儲かる」と少なからず思っていたのだ。家業の商売に対する誇りのようなものが誰の胸にもあった。それでもあえてすぐに家業を継がずに都会で働く奴がほとんどだったのは、都会へ出ていろんな世界を見てきた方がいいという思いが親たちの心にあったからで、修一たちの心の中には、「いずれは、あそこを継いで」というのがいつもあった。

ところが、そんな未来は幼なじみの誰にも訪れなかった。

修一が大学に通っている間だろうか、その後就職したあとだろうか。はっきりとは覚えていないが、まさに「気づいたら」という表現がいちばん合っている、気づいたときには、商店街から活気が消えていた。

潮目が変わったことは、父の政史自体がいちばんよくわかっていて、修一が大学三年生の春に実家に帰ったときにはすでに、酒を飲みながら語る政史の弁が、「修一、都会で頑張れ。こんなところに帰って来ちゃダメだぞ」に変わっていた。そのときの政史の悲しそうな顔を修一は今でも忘れることはできない。

潮目が変わってからの店の凋落ぶりは本当に見るも無惨だった。

一年に一度、修一が実家に帰るたびに、半分の店が「シャッター」になり、人通りが半減していった。減少する客の数に比例するように、政史の顔が商売人のそれではなくなっていった。

まさに、「ファンシーショップ Ｏｋａｄａ」は、修一を学校に行かせる間だけ大繁盛して、修一が就職すると同時に一気に客足を失い、数年後、店としての歴史を終えた。

かつて町の若者たちであふれていたファンシーショップ Ｏｋａｄａが店をやめたことで、商店街はまさに「シャッター通り」と呼ぶにふさわしい状況になった。

前後三十メートルにわたって開いている店がない。ここが商売にいちばんふさわしい場所だと思われていたところなのだろうかと自分でも疑いたくなるほどの変わりようは痛々しくて見るに堪えなかった。修一の足が実家に向かなくなったのも、その光景を見るのが居たたまれないという感情と無関係ではなかった。

母の民子は、政史が亡くなってから店跡の二階で一人で生活をしている。一階は店をやめたときのまま、在庫を整理した以外は棚などもそのままだろう。

雨の日だろうが雪の日だろうが、アーケードの中で歩いて数分で必要な買い物がすべてできるという夢のような環境は、雨の日だろうが晴れの日だろうが車に乗ってちょっと離れた大型スーパーまで買い物に行かなければならない住みにくい環境へと変わってしまった。にもかかわらず、車の運転もそろそろ大丈夫かどうかを考えなければならない。

それでも民子が元気なうちはいい。病気になったら、誰がどうやって面倒を見るのか。そのあとは、実家をどうすればいいのか。誰もが羨む立地から一転、誰も欲しがらない物件に変わってしまったあの家をどうにかすることはできるのか……答えは出ない。考えなければならないことはわかっているのだが、いつもできるだけ考えないようにしている。なにしろ自分の人生をなんとかするだけで精一杯なのだ。その上実家の問題まで考える余裕は修一にはない。

それでも、こうやって母親から電話があると考えざるを得ない。痛みを感じなくなった虫歯のように放っておけばおくほど状況は悪くなり、いつかは耐えられない痛みとなって襲ってくるのは確実なのだ。処置は早い方がいいのはわかっている。

修一は大きくひとつため息をついた。

仕事のことひとつとっても自分ではどうしていいかわからない状況なのに、娘のこと、夫婦のこと、母親のこと、実家のこと……どれもこれもどうしていいかわからない。

修一の頭はパンク寸前になっていた。部屋に一人でいたら頭をかきむしっているところだが、人通りのある往来ではそんなこともできない。

顔を歪めて泣き出しそうになる思いをグッと抑えた。

「……なんで俺ばっかりこんな目に遭うんだよ」

思わず独り言を言った。

そのときだ。

ふと目の前に、タクシーが近づいてくるのに気づいた。修一は無意識のうちに手を上げていた。タクシーはハザードを点滅させながら、道路脇に寄り、修一の前に優雅に止まると、「パカッ」と心地良い音を響かせて後部座席の扉を開けた。

修一は、滑るように乗り込んだ。車内はなんだか懐かしい香りがした。民子が好きで実家の小さな裏庭に植えていたラベンダーの香りだ。

「ええと……」

修一は、タクシーを止めた理由を思い出さなければならなかった。思わず手を上げてしまったが、いろいろ考えごとをしていて頭の整理がついていない。

ミラー越しに運転手と目が合った。

一見高校生と見まがうほど若いその運転手はニコッと微笑むと、

「まずは、娘さんの学校に急いだ方がいいんじゃないですか?」

と言った。

「ああ、そうそう。それだ。頼むよ」

修一は慌ててそう言ったが、少し遅れて全身に鳥肌が立つのがわかった。

「ちょっ……」

修一が何かを言おうとしたときには、タクシーは動き始めていた。

運転手

動き出した車は、順調に通りを走っている。

修一は行き先を一切告げていないが、車は夢果の学校に向けて走り始めているようだ。

ミラー越しに見える運転手の顔に見覚えはない。

「知り合いでもないのに、どうして自分の娘の中学校を知っているのか」

「どうして、どこに行きたいのかがわかるのか」

聞きたいことは山ほどあるが、不思議なことが起こると、何から聞いたらいいのかがわからなくなる。

助手席の前にある運転手の名前を見た。

「御任瀬卓志」

と書いてある。そんな名前、嘘に決まっている。「おまかせタクシー」が本名のタクシー運転手なんているはずもない。悪い冗談だ。たまたま「娘さんの学校」と言ったにすぎない。それがどこかもわからないくせに走り始めていることを考えると、適当に距離を走って「で？　どこに行くんですか？」なんて言われるんだろう。ぼったくられる前に降りるに限る。

「運転手さん、止めてくれよ」

運転手はチラッとミラー越しに修一を見た。

「どうしてですか？」

「いいから止めてよ。あんた適当に走って、料金をふんだくろうってんだろ」

「え？　どういうことですか？」

運転手は車を止める気はないらしい。走りながらミラー越しに修一の顔を見た。

「だって、急がないと娘さんの面談終わっちゃいますよ」

修一は、声を荒げて「止めろ！」と言いかけていたが、思わず息をのんだ。

「なんでそんなことまで知ってるんだ？」

怪訝そうな顔をして、運転手の顔を凝視した。

「まあ、この仕事を長い間やっていますと、乗った人がどこに行くべきかくらいはわかるようになりますよ。岡田さんが今行くべきなのは雅中学校です」

そんなバカな話はない。タクシー運転手を長年やったところで、乗ってきた客の行きたいところがわかるなんて話は聞いたことがない。あり得ないことなんだが、運転手が口にした学校名は確かに娘の中学校だ。そんなことまでわかるとしたら、よほどうちの家庭事情に詳しい人か。

それに……岡田さんだって？　自分の名前まで言い当てられて、修一は目の前の若者が恐ろしくなった。

「あんた、誰だ？」

「へ？」

運転手は裏返ったような声を出した。

「誰って、あなたの運転手ですよ」

運転手は半ば笑いながら言った。

信号のつながりがいいのか、車は一度も止まることなく快調に進んでいる。

「そうか、優子か！」

修一は思わず独り言を言った。

修一がいる場所は、ＧＰＳ機能を使って優子のスマホに表示される。

先ほどの電話のあと、優子がタクシーを手配し、修一がいるところに行ってくれと依頼をした。予約の名前が「岡田」で、行き先を「雅中学校」と指定して。だとしたら、手を

上げて車を止めたときに、

「岡田さんですか?」

と確認されそうなものだが、いずれにせよ、それくらいしか納得のいく説明はできない。

「妻が呼んだってわけか?」

「嫌だなぁ、あなたが手を上げたじゃないですか」

「じゃあどうして、私の名前がわかるんだ?　行き先や、子どもの学校名まで、どうしてあんたにわかるんだ?」

「どうして……と言われましても、説明できないこともありますから」

運転手は弱り切ったという顔をして頭をかいた。

「まあ、驚くのも無理はありませんが、わかるものはわかるんです……としか言いようがありません」

「そんな言葉では納得できるわけないだろう」

修一はイライラしながら言葉をぶつけるように言った。

「ですよね」

運転手は苦笑いをした。車は動き続けている。

「まあ、なぜ行き先がわかるのかを納得してもらえることではなく、その目的地にお客様を安全にお届けするのが運転手の仕事なので、私は納得してもらえなくてもいいんですけどね。それに世の中のすべてのことが言葉で説明できるわけではないですよ。そういうこともあるってことです」

運転手は怪しい男ではなさそうなので、ここはとりあえず黙って、後部座席に乗っておこうか、とも考えたが、状況を考えれば考えるほど気味が悪くなってくる。

ふと、メーターが目に入った。

「69,820」になっている。

修一はガバッと上体を起こし、助手席の座席に手をかけて身を乗り出した。

「おい！　やっぱりおまえ詐欺かなんかだな。探偵まがいのことをして、人のことを事細かに調べ上げておいて、そんなバカな金額を請求しようって……」

と修一が声を荒げた瞬間、メーターの数字が、「69,730」になった。

「え？　なんだ⁉　今の……」

「運転中に耳元でそんな大きな声を出されたら事故っちゃいますよ。ちゃんと座っててくださいい。それに、最近、後部座席のシートベルトも締めさせるようきつく言われてますからね。締めてくださいよ」

「そんなことはどうだっていい。それより、なんでそんなべらぼうな金額なんだよ。それに、今数字が減ったように見えたぞ。どうなってんだよ、それは。壊れてるぞ」

運転手はチラッとメーターを見て、微笑んだ。

「これですか？　壊れてないですよ」

「なんだ⁉　どうなってんだ、この車は。もういいから降ろしてくれ」

運転手はひとつ息をついた。

「仕方がないですね。じゃあ説明をしますから落ち着いてくれますか？　まずはベルトを締めてください。大丈夫ですよ。雅中学校に着いたら、ちゃんと降ろしますから」

「そんなこと言ったって、そんなべらぼうな金額払えるわけ……」

「大丈夫です」

運転手は修一の言葉を遮って、決然として言った。

修一はムスッとして背もたれにもたれかかると、腕組みをした。

「納得いく説明をしてもらおうじゃないか」

という顔がミラー越しの運転手をにらみつけている。

運転手はその様子をルームミラー越しに見ているが、話し始める様子はない。

仕方なく修一がベルトを締めると、

「カチャ」

という音とともに運転手の表情が明るくなり、

「ありがとうございます」

とひとこと礼を言った。きっと、ベルトを締めてくれてありがとうなのか、聞く気になってくれてありがとうなのか、どちらかの意味だろう。

「ちょっと、遠回りしますよ」

「何?」

「いや、道じゃないです。話です」

「ああ、何でもいい。とにかく説明しろ」

修一は腕組みを解かずに言った。メーターの数字が「69,640」になった。やはり確実に減っている。

「ええと……何から話せばいいかな」

運転手はちょっと思案する様子を見せながら左折した。左折した車が体勢を立て直したとき、

「岡田さんは運がいいですか?」

と聞いた。

「運？　お前がそれを聞いてどうするんだよ」

「いいから教えてくださいよ。岡田さんは運がいい方ですか？　それとも……」

「フン、人生そうそういいことなんてないよ。運がいい人生なんて俺の人生とは無縁だね。ついてないことばっかりだ」

「そうですか。そんな人の運を変えるのが私の仕事です」

「どんな仕事だよ、それ」

「だから、運転手……です。最初から言ってるじゃないですか。私はあなたの運転手だって」

　修一は余計に意味がわからなくなった。

「俺の運を良くするのが仕事だって？　何を言っているのか余計にわからんよ。君の仕事は運転手だろ。客が連れて行ってほしいところに車で連れて行くのが仕事じゃないのか？」

「違います。運を転ずるのが仕事です。だから私は、岡田さんが連れて行ってほしいところに、車を走らせるわけではありませんよ。岡田さんの人生の転機となる場所に連れて行くだけです」

「それって余計なお世話だろ。こっちが連れて行ってほしい場所じゃなくて、おたくが俺の運が良くなるだろうって思う場所に連れて行くって」

「そう言われましても……それが私の仕事なので。まあ、最初はわかってくれなくとも、そのうちわかってくれますよ。ほら、雅中学校が見えてきました」

「え？」

修一は思わず窓の外を見た。確かに、見覚えがある街並みを走っている。

タクシーを拾った場所から、中学校までは車で四十分はかかるはずだが、もうそんな時間が経ったのだろうか。

運転手は、正門前で車を止めると、後部座席の扉を開いた。

「間に合いましたね」

運転手は振り返って、修一に笑顔を見せた。メーターは「69,370」になっている。

「当たり前だけど、そんなに払うつもりはないぞ」

修一はメーターを指さして言った。

運転手は、にっこりと微笑むと、

「わかってますよ。この数字が0になるまで、あなたは乗り放題です」

と言った。

修一はそれまでずっとつくってきた険しい表情を緩めた。

「え？　代金はいらないってこと？」

運転手は大きくうなずいた。

「早く行ってください。せっかく飛ばして間に合わせた意味がなくなってしまいます」

修一は腕時計を見た。面談の約束の時間の五分前だった。ここまで十分ほどしかかかっていないことになる。

「あ……ああ」

車を降りたあとも、本当にお金を払う必要はないのか心配している修一をよそに、後部座席の扉が「ガタッ」と自動で閉まると、タクシーは発車して、やがて角を曲がり見えなくなった。

修一は、自分に起こった不思議な出来事に戸惑いながらも教室に向かって歩き始めた。

「なんだ、あいつは？」


夢果は、中学二年になった頃から学校に行かなくなった。いわゆる不登校というやつだ。小学生の頃は、家を出るときに、

「行ってきます」

と、元気良く言っていたのが、中学生になってから徐々にそういう姿が消えていった。決して楽しそうとは言いがたい雰囲気のまま、それでも一年生のときは学校に行っていたが、二年生になってから、

「頭が痛い」

と言って、学校を休むことが増えていった。

友人関係が上手くいっていないのか、それともいじめのようなものを受けているのか……いろいろと探ってみたがどうも違うらしい。どうやら単純に、「行きたくない」から休んでいるようだった。

修一の頭が固いのか、そんな理由で学校を休んでいいわけないだろうと思うのだが、そういう子はクラスに他にもいるらしい。学校に行かなければ友達とも会えないからつまらないだろうとも思うのだが、それも案外そうでもないらしい。スマホがあれば、学校に行かなくてもみんなとつながっているんだそうだ。

修一も優子も仕事があるから、朝から家にいない。だから、休んでいるときの夢果の様子はわからないが、どうやら家で一人で、朝から晩までゴロゴロしながらスマホをいじって過ごしているようだ。帰ってきたときに感じる雰囲気で、なんとなくわかる。

そして朝になると、

「頭が痛くて学校に行けない」

と言い出す。

修一が一度、

「頭が痛いのはわかるけど、将来のこともちゃんと考えると、ちょっとは無理してでも学校に行っとかないと」

という話をしたことがあるが、

「私の頭がどれだけ痛いかわからないから、そんなこと言えるんだよ」

と言って、面倒くさそうにプイとそっぽを向いたまま、スマホを握りしめて自分の部屋に籠もってしまった。なんとか話をしようにも修一も仕事に行かねばならず、それきりまともに話をしていない。妻の優子もパートの中でもリーダー的役割を任されているので、おいそれと休むわけにはいかずで、様子を見ることができない。二人とも夢果には学校に行ってほしいと思っていながら、なすすべのない状態だ。

「ケータイばっかりいじってると、取り上げるわよ」

と言ってはみるものの
「全然触ってないよ」

と言われてしまうと、昼間の様子を見ていないだけに何も言えなくなってしまう。かといって家の中にカメラをつけて監視するというのもやるべきことではないように思う。

結局、娘については修一も優子も何も具体的な手を打てないまま、「不登校」という事実だけが、日々、成長し、できあがっていった。

「難しい年頃」

ひとことで言えばそういうことになるのだろうか。


夢果の担任の東出は、「一度、面談を……」と言った割には、さほど話したい話題があったわけでもなかった様子で、家での夢果の様子を聞いたり、学校に来られるようなら、ちょっと頑張って来てみるようお伝えくださいといった、アドバイスにもならない当たり前のことを言ったりするだけで、面談は進んだ。

終始笑顔。元気溌剌といった感じの先生で、夢果の話だとまだ小さい娘がいるということだから二十代後半か三十代前半といったところだろう。悪い印象は受けないのだが、話の内容の薄さから、後から問題になったときに「担任としてやるべきことはやっていました」という既成事実をつくるためだけの面談のような気がして、修一も真剣に夢果のことを相談する気がなくなってしまった。

「そもそも、こんな、電話でも済むような話をするために仕事の途中に呼び出されたのか」

不登校の娘についての話をしているのに、笑顔でその娘の様子を聞くというのも、「自分には何の責任もありません」と言われているような気がして、腹が立った。

もちろん、先生の責任にするつもりなんてないのだが、娘の担任として何の責任も感じないというのはおかしいだろうという思いが修一の中にはある。それを口に出して言わないのは、それが八つ当たりのような気もするからだ。

とはいえ、わざわざ呼び出して話をしているんだから、もう少し実のある話をしてほしいもんだと思い始めてからは、修一の表情にあからさまにイライラが出るようになった。

それを敏感に感じ取った優子が、とりなすように饒舌になり、当たり障りのない会話へともっていき、

「まあ、とにかく様子を見ながら改善していきましょう」

という着地点にたどり着いたのが、面談が始まってちょうど三十分経った頃だった。

「終わる時間まで予定通りだ」

修一は別れ際に笑顔を見せることすらばからしくなって、椅子から立ち上がるとすぐに教室を出ようとした。

背中に、東出の声がかかる。

「お仕事の途中だったんですよね。申し訳ありませんでした」

そう言いながら頭を下げたが、修一はそれについては特に返事をせず、愛想なく、

「ありがとうございました」

とだけ言って、軽く頭を下げて教室をあとにした。

優子が申し訳なさそうに東出に礼をして教室を出ると、小走りで修一のあとを追ってきた。

「ちょっと、どうしたのよ」

優子は途中から機嫌が悪くなった修一を責めるように言った。

「……」

修一は早足のまま無言で廊下を歩いていく。

「なんで、急に機嫌が悪くなったの?」

優子の追い打ちをかけるような質問に、修一は立ち止まって振り返った。

「こんなどうでもいい話をするために割ける時間は俺にはないんだよ。まだ仕事の途中だってのに、わざわざ呼び出されて、タクシーまで使って飛ばしてきてみたら、電話でもすむような話だったじゃないか」

「そうかもしれないけど、先生だって、なんとかしようと思って時間をとってくれたんだ

し……」

「そんなふうには見えなかったぞ。それに、俺にはそんな暇ないんだって」

修一は声を荒げた。

なにしろ、次回の給料から二十人分の保険料が引かれることになるのだ。しかも、これまで支払われた十ヵ月分の保険料も返さなければならない。ボーナスなんて期待できないだろう。次の給料日までに一件でも多くの新規の契約を取って、少しでも傷口を小さくしなければならない。こんなところで無駄な時間を過ごしている暇はないのだ。

もちろん、そういった事情を優子が知るはずもなく、修一が何にイライラしているのかなんて優子にはわからないのだが、修一の荒げた声に圧倒されて黙ってしまった。

「とにかく、俺はこれからまた仕事に戻るから」

修一はそう言って優子に背を向けると、再び早足で歩き始めた。

本当は、今の状況をちゃんと説明した方がいいのはわかっているのだが、もしかしたら、次の給料日までに今回の契約破棄を取り戻すだけの奇跡の契約が取れるかもしれない。そう考えると、次の給与額が決まってから話をするのでも遅くないと思った。

いや、冷静に考えてみたら、本当はもうゲームセットなのだろう。だから、一日も早く優子に事実を打ち明けて、旅行のことだけでなく今後のことなども話し合わなければならないはずだ。

でも、修一にはそれをする勇気がなかった。問題を先送りにして、「そんな日が来なければいいのに」と願っている子どもと何ら変わりがなかった。

修一は校庭を一人横切りながら、どうするべきかを必死で考えていた。どれだけ考えたところで、いい答えなんて出るはずもない。もう手詰まりだ。でも頑張るしかない。

「頑張る？」

その言葉すら、よくわからなくなっていた。

「俺は忙しいんだ。こんなことしている時間はないんだ」と言って飛び出してきたものの、じゃあ、何をするというのか。どこに行くというのか、何をどう頑張ればいいのか

……わからなくなっていたのだ。

ポイントカード

脇屋は朝礼の間中、終始無言だった。

もちろん出勤したときに、修一から挨拶をしたのだが、そのときも静かに、

「おはよう」

と言うだけだった。

その顔は無表情で、修一に対して何をどう言おうか考えているようにも見える。

修一はその場にいられなくなり、朝礼が終わるなり事務所を出た。

「なくした契約分を一件でも取り返そうと必死です」

端からそう見えることも若干期待していた。

「外回り行ってきます」

そう声を出すと、チラッと脇屋の方を見た。

周りからは、

「行ってらっしゃい」

と、いつものように声がかかるが、脇屋は修一の方を一瞥もせず、机の上の書類に目を通していた。そそくさと事務所を出て、エレベーターの中で修一が考えていることは、

「さて、どこに行こう」

ということだ。とりあえず事務所を飛び出してきたはいいが、どこに行ったらいいのかは考えていない。答えが出ないままに、ビルの玄関口に出た。まだ午前九時を少し回ったところなのに、アスファルトからの暑気で立ちくらみを起こしそうになる。今日も暑い一日になりそうだ。

修一が駅に向かって歩き出そうとした瞬間に、自分に向かってタクシーが近づいてくるのが見えた。

「まさか」

と思ったが、手を上げてもいないのにそのタクシーは修一の目の前で止まり、後部座席の扉を開けた。窓越しに運転手の顔を見た。昨日の運転手に間違いない。名前は確か、御任瀬卓志。

修一は、一瞬、躊躇した。昨日からいろいろなことがありすぎて、このタクシーのことを忘れていたが、考えてみると不思議なこと、この上ない。今こうやって目の前に再びや

ってきたところを見ると、どうやらこの運転手は、自分のことをつけ回しているらしい。

修一は、開いた扉をのぞき込んで、運転手に言った。

「昨日の代金、やっぱり払ってくれって言うんだろ？」

運転手は、声を上げて笑った。

「そんなこと言いませんよ。説明したでしょ。メーターが0になるまで乗り放題だって。さあ、早く乗ってください」

修一はメーターを見た。

「69,370」

別に覚えておこうとしたわけではなかったが、その数字を見て、昨日車を降りたときの数字と同じだということくらいは思い出せた。

「乗ってくださいって、俺がどこに行きたいのか、わかってるのか？」

修一は意地悪な質問をした。昨日運転手は、長年この仕事をしていれば、乗った人がどこに行くべきかくらいはわかると言って、実際に修一は何も言わないのに、夢果の中学校に向けて走り始めた。ところが、今は自分でもどこに行きたいのかすらわかっていない。それなのにタクシーは目の前にやってきたのだ。一体どこへ行くというのか。

「昨日と同じです。あなたが行くべき場所にお連れしますよ」

運転手は即答した。

「行くべき場所にお連れしますよ」という言葉に、あらがいがたい衝動が心の奥底から湧き上がる。正直なところ、事務所を飛び出したはいいが、どこに行ったらいいかわからず困っていたのだ。修一は思わず後部座席に乗り込んだ。

「閉めますよ」

運転手の言葉とともに、「バタン」と重厚な音を響かせて扉が閉まると、タクシーは滑るように走り出した。修一はルームミラー越しに、運転手の表情を凝視していた。運転手は、特に緊張する様子もなく表情も穏やかに車を走らせている。

「どうして、俺の居場所がわかるんだ?」

修一はいぶかしげに聞いた。

「どうしてって、この前も言いましたけど、長いことこの仕事をやってきましたからね。岡田さんの居場所くらいわかって当然なんですよ。なにせこちらはプロですから」

運転手はちょっと笑っている。

まったく答えになっていないと感じたが、おそらく何を聞いても納得いくような答えは返ってこないのだろう。修一は深いため息をついた。

「あれ……もしかして……」

ミラー越しにその様子を見ていた運転手は声を出した。

「なんだ?」

修一はイライラして答えた。

「昨日、僕と出会って運が変わったって実感してないんですか?」

「はぁ?」

修一は運転手の言葉を思い出した。

「運を変えるのが僕の仕事です。岡田さんの連れて行ってほしいところじゃなくて、岡田さんの運が良くなる場所にお連れするのが仕事です」

確かそう言っていた。修一は鼻で笑った。

「忙しいのに無駄な時間を使わせておいて、何が運が良くなるだよ。面談には間に合ったけど、時間の無駄だったよ。あんな話、電話で済んだはずだ。わざわざ呼び出されて、イライラするだけ……」

「がぁ〜……やっぱり」

運転手は大げさにハンドルを叩きながら、突然大きな声を上げた。

「僕もね、ちょっと嫌な予感はしたんですよね。そうなっちゃうんじゃないかって」

「何の話だよ」

「ダメですよ、イライラしちゃ」

ミラー越しに苦笑いをしながらそう言った若い運転手に、修一は腹が立った。

「お前に何がわかるんだ！」

声を荒げたが、運転手はお構いなしに続けた。

「わかりますよ。生活の支えである二十件の契約を途中解約されて、来月からの給料がその分、減額になるだけでなく、これまで給与として支払われた十ヵ月分の保険料を返金、またはボーナスや給料から天引きされ続けることになる。同時に娘さんは不登校でおまけに反抗期だから言うこと聞かないし、奥さんはそんな状況を知るよしもなく、楽しみにしているパリ旅行のことしか考えていない。ただでさえ問題が山積みなのに、実家の母親から気になる電話も入っている。とてもじゃないけど、実のない話のために学校に呼び出されて、機嫌良く話なんて聞いていられないよ、って状況なんですよね」

「……」

修一は絶句した。

「どうしてそれを」と言いたかったのだが、それすら出てこないほど驚いた。

「いいですか、岡田さん。そんな状況になったら誰しも余裕がなくなってしまうのはわかりますよ。でも僕の仕事はあなたの運が良くなる場所に連れて行くことだって説明しましたよね。あそこからあなたの人生の運気はグッと変わるんですよ。いや、変わる予定だったんですよ。でも、そのチャンスを逃してしまったんですけど」

「ど、どういうことだ……」

修一は狼狽しながら答えた。

「岡田さんが教室に到着する前、奥さんが先に到着して、東出先生と何の話をしていたかわかりますか？」

「何の話って夢果のことじゃないのか……」

運転手は無言で首を横に振った。

「あなたの仕事の話ですよ」

「俺の仕事？」

「そうです。奥さんが『主人は仕事中で来られません』という話をしたんです。そうしたら、先生が『何のお仕事なんですか』って聞いたんです。だから『生命保険の営業です』と奥さんが言ったら、先生は『えっ、僕、お願いしようかな』ってなって。それをきっかけに東出先生だけじゃなく、学校のたくさんの先生が保険の見直しを考えてくださって……。数年後には先生たちはいろんな学校に転勤になるでしょ。そこでまた、どんどん広がって……となるはずだったのに……」

「ちょ……ちょっと待ってくれ」

修一は、混乱した頭を整理するように一度話を切った。

「どうしてそんなこと、わかるんだ」

「前にも言いましたけど、どうしてなのかは説明できないこともあるんですけど……。ずっとやってりゃ、わかることってあるでしょ。外野フライを捕るみたいに、ほら、あっちから飛んできたボールがどうしてここに落ちてくるってわかるのって言われても、計算じゃなく経験でしょ。ボールの初速や回転、風向きや飛び出し角度、バットに当たったときの音、バットのどこに当たったのか。ピッチャーの投げる球の勢いとバッターの筋肉量。実は落ちてくる場所を決める要素はすごくたくさんあって、それらが複雑に絡み合っている。それらを考慮して落下地点を計算しようとしても複雑すぎてどれだけ時間があっても誰にも正確な答えは出ない。けれども経験で、『ここ』ってわかるじゃないですか。あれと同じです」

運転手は、ミラー越しに修一の顔を見て弱り切った顔をした。喩えが上手くなかったのか、修一はよくわからないという表情をしている。

「とにかく、大事なことですから忘れないでくださいよ。運が劇的に変わるとき、そんな場、というのが人生にはあるんですよ。それを捕まえられるアンテナがすべての人にあると思ってください。そのアンテナの感度は、上機嫌のときに最大になるんです。逆に機嫌が悪いと、アンテナは働かない。最高の運気がやってきているのに、機嫌が悪いだけでアンテナがまったく働かないから、すべての運が逃げていっちゃうんです。昨日のあなたみたいに」

「機嫌が悪いと、運が逃げる……」

「そうですよ。機嫌が悪い人は、最高の運気がやってきている場にいても、それに気づかないでイライラして、早くその場を立ち去りたいということばかり考えるんです。上機嫌でいないと。特に僕はあなたを運気が良い方向に転ずる場所に連れて行くのが仕事なんですよ。僕が連れて行った先で、機嫌悪くいるなんてあり得ない話ですよ。次からは絶対やめてくださいね」

「機嫌悪くいるなんて……あり得ない話……」

「もう一回言いますよ。上機嫌でいないと、運の転機を感じることはできません。機嫌が悪い人は、人生を大きく変える大逆転のチャンスすら、イライラしたまま、さっさと終わればいいのに、と思ってしまうんです」

「ちょっと待ってくれ」

修一はもう一度言った。

「昨日、夢果の担任と話したときに俺が上機嫌でいさえすれば、それをきっかけに運気が変わって、たくさん契約が取れたというのか」

「そうですよ。少なく見積もっても、東出先生がきっかけで向こう二年間で五十件は取れたはずです。それをきっかけに岡田さんは会社でもトップセールスを記録する営業マンになっていくはずでした」

「向こう二年で五十件だって？」

修一は鼻で笑った。

「そんなドラマみたいな逆転劇があったと信用しろって言うのか？」

運転手は深いため息をついて、首を横に振った。

「嫌ならいいですよ。信用するしないはあなたの勝手です」

運転手はあきれたように黙ってしまい、運転することに集中し始めた。

修一には、なんだか運転手が言っていることが本当のことのように感じられてきた。そもそもこの運転手は、自分のことを知りすぎている。その先の未来のことをこれほど正確に把握しているのだから、その先の未来のことを把握できていたとしても不思議はない。ということは、運転手が言うように、夢果の担任の先生をきっかけに次々に新しい契約が取れるチャンスを、自分がイライラしていたがゆえに逃してしまったということか。

「……俺は今何が起きているのかよくわかっていないんだが、あんたの言ってることは正しいことなんだな」

修一は念を押すように聞いた。

「あのね、岡田さん。僕の仕事は運転手ですよ。あなたの運を好転させるためにこうやってやってきたんですから。嘘を言ってもしょうがないじゃないですか。それに……」

「それに?」

「それに、百歩譲って僕の言ってる未来が僕の勝手な妄想だったとしてもですよ。不機嫌な保険の営業マンに新しい契約のチャンスなんてあるんですか?」

「それは……」

修一は絶句した。

修一が転職して今の会社に入ったばかりの頃、脇屋にこの仕事の極意を尋ねたことがあった。修一自身がこの仕事を続けられるのかどうか不安だったこともあるが、脇屋が仕事のできる男だということはそばで見ていてすぐにわかる。なにしろ、今でも特に営業に出ているわけでもないのにどんどん新規の契約が入ってくるのだ。何をしていても向こうから契約が来る。それが脇屋という人だった。その極意を教えてもらいたいと思ったのだ。

脇屋は修一の問いに答えて言った。

「いつでもどこでも、明るく楽しくいることだ。いつでも、どんなときでもな」

「それだけですか？」

修一が拍子抜けして聞いた。

「ああ、それだけだ。保険というのは誰の人生にとっても必要なもんだ。だからどんな人も自分の顧客になる可能性がある。でも、こっちが入ってほしいときに都合良く入ってくれる人なんていない。大事なのはどんな人でも保険に入ろうと思う瞬間があるってことだ。そのときに、『そう言えばあの人』って顔が浮かぶ奴でいることだ。だから、いつでもどんなときでも明るくて楽しい奴であれ」

「はい……」

脇屋は笑った。

「もっとすごい極意かと思ったたって顔だな。まあいいよ。でもな、いつでもどんなときでもってのが、結構簡単じゃないんだぞ」

そう言いながら、中ジョッキをあおった脇屋の横顔が脳裏によみがえった。

「運転手さんの言う通りだよ。機嫌が悪い奴から保険の申込をしようなんて思わないわな。その時点で、俺はチャンスを逃してきたのかもしれない。それでこの様だ……」

運転手はちょっと言いすぎたと思ったのか、慌てて明るい声でフォローを入れた。

「まあ、気持ちはわかるんですけどね。保険の営業だけじゃなく、どんな仕事をしている人でも、不機嫌な人が成功したことなんてないですよ。逆に、上機嫌でさえいれば運が好転する場面が自分でわかるのに。もったいない……。でもほら、大事なのはこれからですから。とにかく次からは上機嫌でいてくださいよ」

「次からは……って」

これからもこの運転手は自分の前に現れるということなのか……と思い、前回の運転手の言葉を思い出した。

「そのメーターが0になるまでおたくは俺の前に現れるってわけかい？」

「そういうことになりますね」

「その間、乗り放題なのか？」

「そういうことになりますね」

「なんで、俺を何万円分もタダ乗りさせてくれて、しかも俺の運が良くなる場所にわざわざ連れて行ってくれるんだよ」

運転手はミラー越しにチラッと修一の方を見た。

「なんで……と言われましてもも、それが僕の仕事ですから。まあ、疑い深くなるのも仕方ありませんけどね。何も請求したりしませんよ。約束します。ご安心ください。お代はすでにいただいていますから」

「え？」

修一ではない誰かが先に数万円分のタクシー代を払ったということか。そうだとしたらそれが誰なのか。修一が尋ねようとしたとき、運転手が続けた。

「それに……」

修一は言葉をのみ込んだ。

「円じゃないです」

「はい？」

「ポイントです」

「ポイント？」

「そうです。あと69,280ポイント分だけ乗れます」

なんだかよくわからないが、どうやらメーターの数字が表しているのは「円」ではなく「ポイント」だということらしい。そうだとすると、余計にわからないのは、何に対してつけられたポイントなのかということだ。

修一は、苦笑いをしながら答えた。

「運転手さん。昨日からあなたの話を聞いてるけど、さっぱり意味がわからない。もう少しわかるように説明してくれないかな。運転のプロなら、客に快適に乗ってもらうのも仕事のうちじゃないのかい」

運転手は、軽くうなずいた。

「確かにおっしゃる通りですね」

そう言うと、助手席の方に手を伸ばし、そこから何かを取り出すと、左手で後部座席の修一に向かって何かを差し出した。運転手は右手でハンドルを握り、前を見ながら運転を続けている。

修一は、ゆっくり手を伸ばし、恐る恐るそれを受け取った。

「これは……」

名刺大の二つ折りのカード。どこかで見たことがあるという記憶はあるのだが、一体何だったのか、なかなか思い出せない。印刷されているイラストに見覚えがあるが、絵のテイストも古ければ、使われている紙もだいぶ年月が経っているようだ。どこかの店の会員券かポイントカードだろうか。

二つ折りの中を開いてみて、ようやくわかった。

〈ファンシーショップ Ｏｋａｄａ〉

修一の実家の住所と電話番号が記されたポイントカードには、三十個のスタンプが押されていて枠が埋まっている。五百円の商品券として使えるはずだが使った様子はない。

「これをどこで……」

「そこのお店ですよ」

「ふざけるのもいい加減にしろ。このカードはもう何年も前に閉めた俺の実家のポイントカードだぞ。どうしてあんたがそれを持ってるんだよ」

「僕は、『運転』のプロなので、『運』というものについてのお話をしますね」

運転手は、修一の質問には答えず、自分の話を始めた。

「昨日、岡田さんにした質問を覚えてますか?」

「え?」

「運がいいかどうか、聞いたのを覚えてますか?」

「ん? ああ……覚えてる」

修一は憮然として答えた。

「僕、実はちょっと嘘を言っていたんです」

「嘘?」

「はい。僕の仕事は、岡田さんの運が良くなる場所に連れて行くことだって言いました。

そう言った方がわかりやすいと思ったからです。でも、本当は〈運〉にいいも悪いもないんですよ」

「なんだって？」

「だから、運がいい人なんていないし、運が悪い人なんていない。運はそういうものじゃないんですよ」

「そんなことはないだろう。現に俺にはついてないことばかり起こるし、運がいい奴はついてることばかり起こるじゃないか」

「ハハハ」

運転手は乾いた笑い声を上げた。

「まさか本気でそう思ってるんじゃないですよね」

修一は運転手の態度が少し頭に来て、眉間にしわを寄せた。

「岡田さんが言う、ついてることばかりが起こる奴って、何もしないでいいことばかりが起こってるって思ってるんですか」

「な……」

修一は思わず固まってしまった。

「いや、そうは思わないが、同じように頑張ってるのにいいことばかりが起こる奴と、そうじゃない奴がいるだろって話をしているんだよ」

「じゃあ、岡田さんは、いいことばかりが起こる奴と同じくらい頑張ってるのに、自分にはいいことが起こらないと？」

「俺の話じゃなくて一般的にそういうことってあるだろって話をしてるんだよ」

「ないですね」

運転手は断言した。

「いいですか、岡田さん。運は後払いです。何もしてないのにいいことが起こったりしないんです。ポイント貯めてないのに何かもらえますか？　誰もそんなこと、期待しないでしょ。でも、運となると、貯めてない人ほど期待するんですよね」

修一は、自分の手元にあるポイントカードを見つめた。

「そのポイントカードは五百円の商品券として使えるんです。どうしてかわかりますか？ポイントが貯まってるからです。ポイントカードをもらった瞬間に五百円として使わせてもらって、あとからポイントを貯めるってことがありますか？　そんな使い方できるポイントカードなんてないですよ。運だって同じなんです。でも、多くの人は『運がいい』と言うとき、その前のことをまったく無視して、突然いいことが起こることのように期待してるでしょ」

「運はこのポイントカードといっしょだって言うのか?」

「そうですよ。運は〈いい〉か〈悪い〉で表現するものじゃないんですよ。〈使う〉〈貯める〉で表現するものなんです。だから先に〈貯める〉があって、ある程度貯まったら〈使う〉ができる。少し貯めてはすぐ使う人もいれば、大きく貯めてから大きく使う人もいる。そのあたりは人によって違いますけどね。どちらにしても周囲から〈運がいい〉と思われている人は、貯まったから使っただけです」

修一はポイントカードを見つめながら、運転手の言葉を反芻していた。

「運はいい悪いじゃなく、使う、貯める……」

「貯めてないのに、使えないぞって文句言われてもお店は困っちゃうでしょ。運もそうなんですけど、貯めてもいないのに『使えないぞ』『あいつばかりずるいぞ』って言う人、多いんですよね」

「じゃあ、ついてる奴は、そうじゃない奴と同じように頑張っているように見えて、実は運を貯めてたってことか?」

「そうですよ。貯まった運を使うとき、周りから『ついてる』って見えてるだけです」

修一は険しい表情で腕を組んだ。運転手が言っていることに「なるほど」と納得している自分と「そんなこと認めてたまるか」と反発している自分が心の中で葛藤していた。

修一は首を振って、運転手に言葉をぶつけた。

「いいや。そんなことはない。やっぱり運がいい奴もいれば、悪い奴もいる。生まれながらに苦労もなくいい生活をして、そのまま大人になる奴もいれば、どれだけ頑張ったって報われない運が悪い奴だっているじゃないか。勝負の世界だってそうだろ。努力をした方が必ず勝つとは限らない。誰よりも努力を積んだのに負ける奴だっているんだ。あんたが言っているのは理想論ではあるけれども、現実はそう甘いもんじゃないんだよ。あんたみたいに若い人は……」

運転手はミラー越しにチラッと修一の顔を見た。修一は目が合ったが話を続けた。

「そういう理想論が好きそうだがね、俺たちぐらいの年齢になるとそういうことがよくわかってくるんだよ」

運転手は苦笑いをした。

「まあ、年齢は関係ないと思いますが。とにかく頑張っても報われないときは運が貯まっているんですよ。努力をしてすぐ結果が出たり、何かいいことが起こったりする人は、貯めた運を小出しに使っているだけで、他の人より取り立てて運がいいわけではないですよ。同じだけ努力をしたのに結果が出なかった人は、その分、運を貯めたんです。あとでもっといいことが起こります」

そう言うと、運転手は車を道路脇に止めて、後部座席の扉を開いた。

「もっとお話ししていたいんですが、残念ながら到着です」

修一は窓の外を見た。外の街並みに見覚えはない。

「ここは？」

「今のあなたが来るべき場所です」

修一はメーターを見た。「62,130」になっていた。乗っていた時間は前回と同じくらいに感じたのだが、メーターの減りが早い気がした。もちろんもともと運賃がタダなのだから、減りが早いにしても文句の言いようもない。

運転手は、車を降りる修一に、

「忘れちゃダメですよ。上機嫌。機嫌が悪いと、運の転機をつかむアンテナは感度が鈍りますからね」

と声をかけると、後部座席の扉を閉めた。タクシーはすぐに発車した。

「チッ……。余計なお世話だよ」

修一は、走り去るタクシーに向かって、聞こえないくらい小さい声で言った。

タクシーが見えなくなると修一は改めて、目の前の建物を凝視した。

昭和の中頃につくられたように見えるちょっとした商店街には「いちょう通り商店街」という名前がつけられている。修一は、その端にある「ギンゴー・カフェ」という店の前に立っていたのだ。

「ここが、俺の運を変える場所……」

建物の築年数は古そうだが、カフェ自体は新しいようだ。

白い壁に青い木の扉が印象的で、大きく並んだ窓からは店の中の様子がよく見える。小さなテーブル席に二組の客と、店の真ん中に置かれた大きな相席用のテーブル席に一人、客がいる。なかなか雰囲気の良さそうな店だ。これまでの運転手の話をすべて信じているわけではないが、あの運転手に不思議な力があるのは確かだろう。直接、話をしているときには素直になれない修一も、運転手の言葉にすがるように、青い扉に手をかけた。

「機嫌良く。上機嫌で……」と、心の中で自分に言い聞かせながら。

扉を開けると、右手の大きな一枚板でできたテーブルに一人で座っている客と目が合った。修一は、さりげない笑顔をつくり、目で挨拶をした。相手も同じように笑顔をつくった。テーブルは十人ほどの客が座れるようになっているが、座っているのは彼だけだ。たった今コーヒーを持ってきた女性店員と親しげに話しているところを見ると、この店の常連らしい。

奥の小さなテーブル席に座っている二組はともにママ友だろうか、あの近くに座っても意味がなさそうだ。修一は、大テーブル席の男性の近くに座ることにしたが、目の前だとやはり違和感があるので、その男性の正面の席を空けてその隣、つまり、少しだけ斜め左の席に座ることにした。見たところ三十歳前後といったところか。注文したシフォンケーキとコーヒーを脇に寄せて、仕事をしているのか、目の前のパソコンに何かを打ち込み続けている。そのタイプ音が小気味良く店の中に響いていた。

「この男が、俺の運命を変えるのか？」

もちろんこれから入ってくる客かもしれないし、立って話している女性店員かもしれない。あの運転手の話が本当なら、とにかくこの店にいる、いや、これからやって来るのかもしれないが、誰かが、自分の運を好転させる鍵を握っているのだ。

「いらっしゃいませ」

別の女性店員がお水とメニューを持ってきた。

「ええと……コーヒーください」

修一はできる限り笑顔をつくり、明るい声で言った。

「コーヒーおひとつですね」

その女性も、満面の笑みを浮かべてオーダーを確認した。

「はい。よろしくお願いします」

修一は、何をしたらいいかわからないのだが、とにかく機嫌良くいることだけは心がけた。笑顔をつくり、初めて訪れたカフェの店内を見回してみた。

店自体は新しそうに見えるが、壁も床も窓枠もすべて古い廃材を再利用して使っているようだ。趣があっていい。机や椅子も一つひとつこだわっているのだろう。こちらも古い木を使った味のあるものばかりだ。こちらは再利用というよりはアンティークの家具なのかもしれない。

小さな店内では、客や店員の口調から、なんとなく店の様子がわかってしまう。修一にお水を持ってきた女性が、どうやらこの店のオーナーらしい。

やがて修一の元にコーヒーが運ばれてきた。カフェに来たはいいが、誰を待っているのか、何を待っているのかもわからないままでは、ただ時間が過ぎるだけで何も起こりそうもない。修一は、次に目が合ったら、目の前の男性に話しかけることに決めた。

はたしてその瞬間はすぐにやってきた。斜め前の男がずっと自分の方を見ているという気配は案外簡単に気づかれるものだ。

「それ美味しいですか？」

修一はその男の前に置かれたシフォンケーキを指さした。

「……ええ」

その男性は、少し驚きながらも愛想笑いを浮かべてそう答えた。タイプする手が止まった。

「そうですか。じゃあ、僕も頼んでみようかな」

「……ええ、ぜひ」

男性はどう答えていいのかわからないといった表情で、一度笑顔を浮かべると視線をパソコンの画面に向けた。

「すいません。この方と同じそのケーキもらえますか」

修一は首を左に向けて、カウンターの向こうにいるオーナーの女性に声をかけた。

「わかりました」

という言葉を言い終わるが早いか、女性は即座に動き始めている。

「いやぁ、どうも目の前にあると美味しそうでね」

修一は独り言のようにそう言って、目の前の男の表情をうかがった。修一にしてみれば、話のきっかけをつくるのに必死だ。男は一瞬だけ口元だけで笑顔をつくり、すぐに何やら忙しそうにタイプを打っている。話しかけてほしくなさそうな雰囲気だ。

「こいつじゃないのか……」

一瞬そう思ったが、修一は笑顔を崩さず、〈上機嫌〉なふりをしてシフォンケーキが出てくるのを待った。

「お待たせしました」

という割にはさほど待つこともなく、ケーキは運ばれてきた。

「ありがとうございます」

笑顔で女性に礼を言うと、その女性も笑顔で応じてくれた。

「こっちか？」

修一は、すぐさまフォークでシフォンケーキを一口大にすくいとると、口に運んだ。

「いやぁ、これ美味しい」

小さくて静かな店内ではそれほど大きな声を出さなくとも声が通る。その店にいた誰もがその声を聞いたはずである。

「美味しいですね」

まずはカウンターの向こうにいる二人の女性、店のオーナーと店員に顔を向けて言ったあとで、

「いやぁ、これ頼んでよかったです。ありがとうございます」

と、目の前の若い男性に言った。

女性たちは笑顔だったが、男性の方は苦笑いを浮かべて、目線をパソコンの画面から離さないまま仕事を続けていた。修一はカウンター越しの二人の女性に向かって声をかけた。

「いや、私は保険の営業をしているので、いろんなお店のケーキを食べてきてるんですけどね、ここのシフォンケーキがいちばん美味いですよ、ホントに」

修一は、奥で会話をしている二組の客にも聞こえるように言った。

「ありがとうございます」

オーナーの女性は素直にそう言って修一に笑顔を向けたが、すぐに手元の洗いものを始めた。

奥の二組の女性たちも反応する様子はない。目の前の男性にも変わった様子はなく相変わらずパソコンの画面をのぞき込みながら仕事をしている。修一の放った「保険の営業」という言葉に反応した人は誰もいなかった。

「チッ。何やってんだよ、俺は……」

修一は心の中で舌打ちをした。ミラー越しに見えた運転手の笑顔が浮かんだ。

「あの運転手の言葉にまんまと騙されて、こんなところで愛想振りまいて。誰も保険に興味なんてないじゃないか」

さっさと食べて店を出ようと思っていたその瞬間に、入口の扉が開いて、一人の客が入ってきた。修一は、

「まさか、この男が……？」

と思い目で追ったが、四十代後半とおぼしきその男性客は修一の目の前の男性を見つけると、

「お待たせしました、先生！」

と近づいてきた。

「あちらへ行きましょう」

目の前の男は、隣に座ろうとするその男性を制して、二人だけで話ができる小テーブルの方へと誘い立ち上がったので、修一は十人ほどが座れる大きなテーブルに一人だけになった。

その瞬間に、修一のケータイに着信が入った。脇屋からだったがとりあえず電話には出

ないでおいた。会社から持たされているスマホはGPSで自分がどこにいるかわかるので、脇屋にも修一がどこにいるのかがわかっているのだろう。

「カフェで商談中でした」ということにすれば電話に出られなかった理由にはなるが、あまり長居はできない。修一は、運転手の言葉を信じて、自分の運を変えてくれる出会いを血眼になって探していた滑稽な自分に腹が立った。

「あいつ、ふざけやがって。俺にはそんな時間がないんだよ」

修一は、立ち上がり会計をした。お釣りを受け取るとき、修一は女性オーナーに聞いた。

「すいません、この辺に駅はありますか？」

オーナーは少し驚いたような顔をしたあと、ちょっと微笑んで、

「扉出て左に行ったら突き当たりが駅ですよ。すぐそこです」

と言った。

修一は扉を出ると、もう一度大きな窓から店内を見た。特に修一に反応する客はいなかった。

「チッ。だいたいここはどこだよ」

修一はイライラしながら店をあとにした。

幸せの種

結局、修一は横浜から電車で二十分くらい西に行った瀬谷という街にいるということが駅に着いてようやくわかった。そこから事務所に戻るには一時間半ぐらいかかるようだ。

「こんな遠くまで連れてきやがって……」

修一の心の中で、あの運転手に対する怒りが徐々に膨らんでいった。

電車の車窓から見える景色が、昼間だというのに一気に暗くなり出した。さっきまで晴れていた空には分厚い雲がかかり、遠くに雷鳴も聞こえ出した。これは来るな、と思うが早いか、電車の窓を雨が流れ始めた。

事務所の最寄り駅に着いたときにはゲリラ豪雨という表現がぴったりくるほどの激しい雨がアスファルトを叩き、上がる水しぶきで道路が一面白く霞がかかったようにすら見える。歩く人の姿は当然見られない。車も視界が悪いからだろう、人が歩く速さほどでしか動いていていない。

駅前のタクシー乗り場にはすでに長蛇の列ができていて、待っている人たちは頼りない屋根の下で腰から下を濡らしながら来るあてもないタクシーを待っていた。

一刻も早く事務所に帰らなければならない修一は駅構内にあるコンビニでビニール傘を買い、それを差して通りに出た。ものの数秒で、傘なんて役に立たないほど全身ずぶ濡れになった。濡れていないのは首から上くらいなものだ。

「最悪だ！」

駅から事務所まではものの五分ほどだが、服を着たままシャワーを浴びたかのようにずぶ濡れになるには十分な距離だった。

「まったく、こういうときに現れるべきだろ……」

修一は声に出して文句を言った。もちろん例のタクシー運転手に対してである。そもそも横浜の外れに勝手に連れて行ったのはあの運転手で、そのせいでこうやって一時間以上もかけて事務所に帰ってこなければならなくなり、挙げ句の果てにゲリラ豪雨に打たれる羽目になった。

「あいつのせいで……」

修一はまた口に出したが、ビニール傘を叩く雨音でその声はすぐにかき消された。

ようやく、事務所が入っているビルの中に駆け込んだときには雨足は若干弱まり、エレベーターで事務所が入っている六階に到着したときには、エレベーターホールの窓から外を見る限り、雨が上がっているように見えた。

「くそっ。なんだってんだ！」

修一はイライラする心を落ち着かせる暇もなく事務所に向かった。一刻も早く脇屋に顔を見せなければならない。電話の様子だとできるだけ早く帰ってこいとのことだった。

「ただいま戻りました」

力なくそう言いながら、息を切らせて事務所に入った修一の姿を見て、脇屋が今にも頭を抱えそうな雰囲気でため息をつくのがわかった。

「契約が取れると思ったんですが、空振りでした」

「まあ、それはさっき電話で聞いたからわかるが、その格好じゃあ、別の件を頼もうと思ったが無理そうだな」

おそらく脇屋は、修一のために自分が抱えている顧客の中で、契約の更新をしてくれそうな人を紹介してくれようとしたに違いない。だがそれも汗まみれになった上に雨でびしょ濡れになったスーツ姿では、とてもじゃないが会ったところで相手に悪い印象しか与えないに決まっている。

「いいえ、何なら近くで新しいスーツを買って着替えて行きます」

脇屋は首を横に振った。

「いやいい。時間がない。俺が直接行くことにする」

そう言うと脇屋は鞄を手に立ち上がってオフィスを横切り、ホワイトボードに貼り付けてある自分のネームプレートを「外出商談」のところに移動させた。修一はただ見守るしかなかった。

ずぶ濡れになったままでは椅子に座るわけにもいかず、修一は自分のデスクに向かわずに、外のコンビニまでタオルを買いに行くことにした。もう一度エレベーターホールに出ると窓の外には分厚い雲の切れ間から日の光が差し、路上にたくさんできた水たまりを照らしている。

「何もかも上手くいかない……どうしてこうなっちまうんだよ」

エレベーターに乗ると独り、ため息をついた。

何もかもが裏目に出ることがある。そういうとき感じるのは、

「自分はこの仕事に向いていないんじゃないか」

ということだ。誰かと比べて頑張っていないわけでもないと思う。むしろ、他の社員より自分の方が真面目に仕事をしていると思う。中には「外回り」という名目で、友達と遊んだり、映画を観たり、カフェでのんびりしたりと、やりたい放題の奴だっている。それ

にもかかわらず自分よりも成績がいいのだ。こんなに真面目にやっている自分が何をやっても裏目に出るのに、半分遊びながら営業している奴の方が成績がいいというのは、修一にとっては腹立たしい事実だった。結果がすべてと言われてしまえばそれまでだが、頑張っている自分がバカを見るなんて耐えがたいことだ。

それでも、頑張っていればいつか報われるはずだと思いながらこれまで頑張ってきた。ところが、大量の契約解除に、変な運転手に翻弄されて、上司がつくってくれた再起のチャンスをつぶし、おまけに自分の運の悪さを象徴するかのように、自分が外にいる時間だけゲリラ豪雨に見舞われる。修一でなくても、これは俺にこの仕事を辞めろってことか、と考えてもおかしくないだろう。

修一は買ったばかりのバスタオルを袋から出すと、その袋をゴミ箱に入れてからコンビニを出た。目の前の通りに、扉を開けて止まっている例のタクシーがあった。

修一は頭に血が上るのがわかった。

「こいつ……」

怒りにまかせてタクシーに飛び込んでしまうと、自分を抑えられなくなるかもしれないと思い、ワナワナと震える手を押さえるためにバスタオルを強く握りしめたまま、できる限りゆっくりとした所作で、タクシーの後部座席に乗り込んだ。

「なあ、お前。どういうことか説明してもらおうか……」

修一の言葉が言い終わる前に、運転手が慌てて言った。

「岡田さん、びしょ濡れじゃないですか。困りますよ。そのまま座られちゃあ。手に持ってるそのタオルを座席に敷いてくださいよ」

「うるさい！」

修一はその言葉を制した。

「え？」

運転手は修一の反応を見て意外そうな顔をした。

「何か、怒ってます……よね」

「当たり前だろ。お前のせいで大変なことになってるんだぞ」

「え？　なんで？　なんでですか。今頃、『お前に会って礼を言いたかったんだよ』ってなってる頃のはずですけど」

「どの口がそんなこと言えるんだ。見てみろよ、俺の格好を。何か運が向いてきた奴の雰囲気が出てるか？」

運転手は修一のことを頭の先から足先まで舐め回すように見た。

「そうは……見えませんねぇ」

「お前、のんきに、平気で人の悪口を言うねぇ。誰のせいでこうなったと思ってるんだ」

「それは……」

運転手は扉を閉めた。

「僕のせいです」

「なにぃ！」

「僕のせいです。僕のせいで大量の契約を解除されたし、僕のせいで新しい契約も取れないし、僕のせいで上司の信頼もなくしたし、僕のせいで偶然の雨にも降られちゃいました。ええと……他にも僕のせいのことありますかね。ああそうそう、僕のせいで奥さんに仕事でやらかした件を伝えられないし、僕のせいで娘さんが不登校になってしまったし、あとは……実家のお店が立ちゆかなくなったのも」

「……」

修一は、運転手が矢継ぎ早に発する言葉をただ呆然として聞いてしまった。予想もしない反応に合うと、言おうとしていた言葉が出てこなくなるのは昔からだ。

その様子を見て、運転手は少しだけニヤリと笑った。

「とでも言えば、岡田さんは満足ですか？」

「お前……」

修一は何かを言おうとしたが何も出てこなかった。もともと怒りにまかせて相手を論破できるような性格ではないのだ。

「いいですか、岡田さん。人生において『誰のせいでこうなったと思ってるんだ』なんてセリフ、二度と使っちゃダメですよ。だってね、あえて言うとですよ、あなたのせいでそうなったんですから」

「俺のせいだって?」

「ええそうですよ。今朝あれだけ『上機嫌ですよ』って釘を刺したのに。それなのに、今のあなたは『不機嫌』そのものですよ。そんな不機嫌な自分を見て、そうなったのは自分のせいだって思えないんですか?」

「思えないね。お前が言う通り、上機嫌でいたのに。騙されたんだよ、俺は。俺が不機嫌になったのはお前に騙されたあとの話であって、その前はちゃんと上機嫌でいようとしてたんだ。それにもかかわらず、俺の運を転換させるような出来事は何も起こらなかったじゃないか」

「そんなはずはないですよ。あなたはあの店で他の人はまず経験できないような素晴らしい運の転機を手にしたはずですよ」

「そんなバカな話があるか。何もないよ」

「あなたはあの店である男性と出会ったはずですよ」

「ああ出会ったさ。出会ったけれども保険には何の興味も示さなかったぞ」

運転手は両手で顔を覆うようにして大げさに、

「ああ」

と天を仰いだ。

「なんだよ。どうしたんだよ」

「彼は生命保険なんて入りませんよ。あの男性は有名な作家さんですよ」

「作家？」

修一は遅れてやってきた四十代後半の男が、その男のことを「先生」と呼んでいたのを思い出した。見た感じ、医者でも学校の先生でもなさそうだったので、「先生」と呼ばれていることに違和感があったが、今のひとことでなんとなく納得できた。

「その作家さんと出会ったのをきっかけに、あなたはその作家の作品を読むようになって、人生が変わるんですよ。今の仕事を辞めて、新しいことを始める勇気をくれるはずでした。その後のあなたの人生はまさに飛ぶ鳥を落とす勢いで……」

「ちょ、ちょっと待ってくれよ。この前、夢果の担任の先生との話をきっかけにトップの成績を持つ営業マンになる未来があったって言ったじゃないか。なんで今の仕事を辞めて大成功する未来に変わってるんだよ」

「そりゃあ変わりますよ。この前はそういう未来を手にするチャンスがあったのに逃してしまったんですから。その未来はもうやってこないですよ。人生にはいろんなチャンスがあるってことです」

「そんなのわかるわけないだろ。俺はてっきり……」

「岡田さん。岡田さんの人生を変える転機になるのが保険の契約がたくさん取れることだけだなんて、ちょっと考えればそんなはずないってわかるじゃないですか」

修一は、この前の運転手の話から、人生を変える転機というのは、出会った人をきっかけに、保険の契約件数が飛躍的に伸びることであると勝手に決めてかかっていて、運転手の言う〈ちょっと考える〉ということは一切しなかった。

「いや、そんなの誰も気づかないだろ」

「気づきにくいですよ。だから言ったじゃないですか。上機嫌でいないと運の転機を感じるアンテナは働かないですよって。岡田さんが上機嫌でいればわかったはずなんですよ」

「俺は上機嫌だったぞ……」

運転手は修一の言葉を遮るように首を横に振っていた。

「きっと違います。岡田さんは上機嫌じゃなかったんですよ。〈機嫌がいいふり〉してただけじゃないですか？　保険の契約をしてくれる人を見つけるためだけに」

「ふりじゃダメなのかよ。いいことひとつ起こらない状態でどうやって上機嫌になれって言うんだよ」

「そこからですか……」

運転手は、大きくひとつため息をついた。

「ちょっと話が長くなりそうなので一回切りましょう。これから僕は、また岡田さんの人生を変える運の転機が訪れる場所にお連れしようと思っていました。でも、あなたは僕のことを信用していないようです。もしあなたがお望みならこのまま車を動かさないで、降りていただいてもかまいません。どうしますか？」

修一は運転手の目を見つめたまま腕組みをして黙り込んだ。やがて、難しい顔をしたままではあるが、

「やってくれ」

とだけ言った。

「連れて行ってほしいという意味でいいんですね」

運転手は念を押した。修一は渋々といった表情でコクリとうなずいた。

「わかりました。それでは車を出します。でも今回は目的地までちょっと時間がありますす

ので、もっとしっかりお話をしておきましょう。今度こそ、あなたの人生の運が劇的に変わるということを経験してもらいたいですから」

運転手はウィンカーを出して、車を動かそうとした。

「ちょっと待ってくれ。その前に、そんなところに行かなくても、お前が今日俺が会った作家の名前を教えてくれれば話はすむんじゃないのか。だって、出会ったのをきっかけに、俺があの作家が書いた作品を読んで、そこから人生が変わるんだろ」

「それはできません」

「なんで?」

「知らないからです」

「知らない?　作家が誰かがわからないってことか」

「はい。僕にはわかりません。ただそういうことが流れとして起こるということだけが見えるんです。岡田さん、作家さんのお名前を覚えていますか?」

「いいや、名前は聞かなかった」

運転手は大げさに肩をすくめてみせた。

「残念です。次に行きますよ」

修一は返事をしなかったが車は動き始めた。どうやら運は逃したら再び手にするのは難しいらしい。修一は腕組みをしたまま窓の外を見て、気持ちの整理をつけようとしていた。

動き自体は普通のタクシーと同じように景色は流れているのに、いつものことながら、その時間内ではあり得ない距離を移動している。話に夢中になっている間にあっという間に着くという印象だ。車窓から外を眺めている修一の姿をミラー越しに確認した運転手が話し始めた。

「今、歩道を歩いている男性が見えますか」

修一の目には歩道を歩く一人の老人の姿が目に入った。ゆっくりとした足取りで散歩をしているということ以外には特に変わった様子もない。

「あの人、すごい人ですよ」

「……」

修一は特に返事をしなかったが、運転手は話を続けた。

「あの人、若い頃から盆栽が趣味で、あの人が育てた盆栽は、数々の賞を総なめにして一鉢数百万で取引されるんですよ。それから、反対側の歩道をこっちに向かってくるショートカットの女性いるじゃないですか。小学生くらいの子どもと手をつないでいる。彼女も有名な人ですよ。近所の子どもたちを集めて始めたダンスサークルが、急成長してたくさんの生徒さんを抱えるダンススクールになったんです。そしたら、そこから出たキッズグループがこちらも数々の賞を受賞して、今度ダンスのテレビ番組で講師をやることにもなっているんです」

「そんなふうには見えないがね……」

「そんなふうには見えないんですけど本当です。車、止めましょうか？　話してみます？」

「いいよ。盆栽もダンスも興味がないから。何が言いたいんだよ」

「僕たちが日々すれ違う人たちの中には、いろんな人がいるんだということです。それぞれ二度と会うことがない人かもしれないけど、すれ違う瞬間までそれぞれにはそれぞれの人生があって今日まで生きてきたんです。僕たちの人生に奇跡を起こす種はそこら中にあるということです。

あなたが、今日会った作家さんもそうです。相手に興味を持って話をしなければ、一人の男性でしかない。決してそれまでの人生のことなんて見えてこない。ほとんどの人が相手のそれまでの人生になんて興味がないんです。代わりに、この人お客さんになってくれるかなって、自分の財布の中身を増やしてくれる人かどうかばかり考えてる。でも相手のことに興味を持って、何でもいいから接点を見つけて、会話が始まれば〈見知らぬ人〉ではなくなり、それが重なると〈知人〉になり〈友人〉になり、ときに〈恩人〉になっていくわけです。

だからそのきっかけを生む方法を知っておかなければ、すべての運は通り過ぎていくだけで、奇跡を起こす種すら手に入らないんです」

「そのきっかけを生む方法ってのが〈上機嫌でいる〉ということだとでも言うのか」

「そうですよ。だって道歩いてて機嫌悪そうな人に話しかけますか？　カフェで機嫌悪そうな人に声をかけますか？　ちょっと道を尋ねるのでも、写真を撮ってもらうのでも、機嫌が良さそうな人に頼むじゃないですか。仕事だって同じでしょ。機嫌悪そうな人に頼んだりしないでしょ」

「だったら機嫌良さそうに見えていれば問題ないじゃないか」

「あのね、岡田さん。相手だってバカじゃないんだから、保険の営業マンが自分の成績を上げるようと新規の契約を探しているときに不機嫌な顔している人なんていないことくらい知っていますよ。それは本当に機嫌がいいわけじゃなくて、なんとか儲けようとして必死でつくっている笑顔でしかないこともね」

「誰だってそんなもんだろ。いつだって上機嫌でいろってのは無理な話さ」

「確かにいつだってどんなときだって上機嫌でいるというのは無理なことかもしれませんよね。でも、基本姿勢が〈不機嫌〉っていうのもいろんなチャンスを逃しているとは思いませんか」

「俺の基本姿勢が不機嫌ってわけではないだろ」

運転手は笑みを浮かべた。片手でハンドルを握ったまま、もう片方の手でミラー横に天井からぶら下がっている機械から何かを取り出して、ダッシュボードの中央にあるディスプレイにそれを差し込んだ。

「最近は、こういう便利なものがあるんですよ。知ってますか？」

中央の画面には、車内の様子を映した映像が流れた。そこには修一自身が映っている。

「これは、あなたがこのタクシーに乗っているときの映像です。最近のタクシーは防犯用に車内の映像を記録することも多いんですよ」

昨日初めてこのタクシーに乗ったときの映像が流れていた。自分が映っている。音は出していないが、どうひいき目に見ても機嫌が良さそうには見えない。

修一が自分の写った映像を見るのは初めてだった。思っていたより動きに落ち着きがなく、ソワソワしているように感じる。頼りがいのある大人とは対照的な、神経質でどこかオドオドしている小心者といった印象だ。穴があったら入りたくなる。

「音も出してみますね」

そう言って、運転手はボリュームに手をかけるとつまみをひねった。聞こえてきたのは運転手の声と聞き慣れない男の濁声だった。

表情は機嫌がいいと言えそうな場面が一度もなく、動画は切り替わり、今朝の映像になった。

「もういい」

修一は顔を真っ赤にして言った。運転手はその映像を止めると、差し込んだSDカードらしきものをカメラに戻した。

「どうですか？　ああやって見てみると、僕が結構、頑張って話していることがわかるでしょ。普通、あんな不機嫌な人にこんなに気さくに話しかけてくれるナイスガイはいませんよ」

そう言われても仕方がないくらい不機嫌な表情をしていることは修一も認めざるを得なかったが、それよりもそこに映った自分の姿と自分の声が、自分がイメージしていた自分像とあまりにも違いすぎていることに、修一はショックを受けていた。

「あなたにとってみれば、『俺の何を知ってるんだ！　偉そうに』という気持ちかもしれませんね。確かに、仕事のことや、家族のこと、子どものこと、いろいろ大変なことがたくさん重なっているのはわかります。大変な状況なのはわかりますよ。でもそれもすべて、あなたの基本姿勢が不機嫌だったことから生まれた結果でしかありません。その大元を正さない限り、運の転機が訪れたところで、人生は変わりませんよ。

まあ、岡田さんだけじゃなく、世の中の人は結構、基本姿勢が不機嫌って人が多いですからね。本人は気づいてないんですけど。通勤の電車なんか見るとわかりますよね。でも、それで『幸せになれないなぁ』って悩んでいるんですよ。

そして、そういう人はいつも同じことを言うんですよね。『不幸なことばかり起こるのに上機嫌になんてなれるわけないだろ！』って。そうじゃないですよ。基本姿勢が不機嫌な人に、毎日の人生で起こる幸せの種を見つけることなんてできない。ただそれだけです」

修一は、もう言い争うのをやめた。自分よりも相当若いのだろうが運転手の言っていることの方が正しい。それは直感的によくわかった。何よりも、目の前の運転手を論破することなど、どうでもいいことなのだ。もはや修一にとっては、今の自分の状況を変えてくれる何かがあるのであれば、何でもいいからすがりたいという気持ちの方がずっと強い。

修一は大きくひとつ息をついた。

「わかったよ。あんたの言う通り、俺の基本姿勢が不機嫌だというのは、自分では気づかなかったけどそのようだ。でも、どうやったら上機嫌でいられるというんだよ」

「ちょっと損得から離れるといいですよ」

「損得から離れる？」

「ええ。そうです。自分が得しそうだと思ったら行動する。損しそうだと思ったらやめる。それがあまりにも当たり前のように染みついてしまっているんだと思います。もっと純粋に未知のものに対して『楽しそう』『面白そう』って思ってみていいんじゃないでしょうか」

「そんなこと言われても、思えないもんはしょうがないだろう」

「そうかもしれませんけど、岡田さんは面白いと思えないことでも、それが『面白い』と思っている人がそこにいるんですよね。じゃあ、『何が楽しいんだろう』って興味を持つことはできるじゃないですか」

「それで自分の機嫌がとれるのか」

「今よりはだいぶ……」

「そんなことで……」

修一はいぶかしがったが、運転手は笑みを浮かべて話を続けた。

「そう言えば、言い忘れたことがあるんですよ」

「なんだ？」

「さっき道ばたを歩いていた、老人とショートカットの女の人覚えていますか？」

「ああ盆栽とダンスの……」

「ええ。二人とも趣味が高じて有名になった人なんですが、あの二人本職は同じで共通点があるんですよ。なんだと思いますか？」

「さあ？」

「保険の営業です」

「な……」

「しかも二人ともＭＤＲＴのメンバーです」

「ＭＤＲＴの!?」

「さすがにご存じですよね。生命保険と金融サービスの専門家による国際的組織です。入るためには年あたりかなりの額の保険契約が必要だとうかがっています」

「ああ、俺からしてみると、雲の上の存在だ」

「まあ、雲の上かどうかは知りませんけど、それをもう二人とも十年以上連続でクリアしているんです。気づきましたか？　往来を歩いている人はたくさんいたけど、あの二人、笑顔だったでしょ。何もないのに機嫌良さそうでしたね」

「どうしてそれを先に言ってくれないんだよ」

「チャンスはあったんです。盆栽やダンスはやったことがなくても『面白そう』とか『何が面白いのか聞いてみよう』と思えていれば、話を聞いて仲良くなることだってできた。そうやって仲良くなったあとで、お互いが同じ仕事をしているということがわかれば、あなたにいろんな仕事の極意だって教えてくれたんじゃないでしょうか。最初からわかっていたらあの人たちに興味を持ったのにとおっしゃるかもしれませんがね、そんなこと最初からわかることなんてないですよ。

だから、得しそうだと思ったら動くけど、そうじゃないと判断したら動かないという基準を変えた方がいいです。どこでどうつながるかわからないんです。もっといろんなことに『面白そう』『楽しそう』って思った方がいいってことはわかってもらえたでしょうか」

「……わかったよ。やってみる」

修一は渋々といった表情ではあるが受け入れた。

運転手は嬉しそうににっこりと微笑んだ。

「じゃあ、ついでにもうひとつお話をしておきますね」

「おお、こうなったらちゃんと聞いておこうじゃないかよ」

修一はだいぶ素直になってきた。

「僕の仕事は、岡田さんの運が好転する場所にお連れすることだって言ったのを覚えていますか？」

「ああ」

「それって何が起きることか、わかっていますか？」

「え？　……何が起きるかって」

修一は答えに詰まったが絞り出すように言った。運が良くなる場所というのは漠然と新しい契約が取れる場所だとばかり思っていたのだが、そうではないということが先ほどの話でなんとなくわかった。何も保険の営業として成功するだけが、自分の未来の幸せではないということらしい。そうなると、そこで何が起こるのか……わからなくなる。

「いや、何だ。よくわかってないかもしれん」

「ですよね。よかったです、聞いておいて。そこでは、何も起こらないんですよ」

「はぁ？」

修一は眉間にしわを寄せた。

「ほら、また不機嫌な顔になってる」

運転手に指摘されて、修一は慌てて表情を戻した。自分でも不思議なくらいにこの運転手の話を素直に聞こうとしている自分がいる。理由のひとつには目の前の運転手が、人知を超えた存在だということがある。それは紛れもない事実だろう。

「いいですか。運が好転するということは、別の言い方をすると、人生のターニングポイントということです。つまり、そこを起点として人生がどんどん良くなっていくのであって、そこで何かすごいことが起こるというわけではないんですよ。あとから考えれば『あそこが始まりだったな』と気づくだけです。だからもちろん何も起こらないわけではないんですが、何か特別なことが起こったようには感じられないんです」

「何も感じないのか？」

「いいえ、ちょっとした変化は感じるはずです」

「ちょっとした変化ねぇ……」

　修一は頼りなさそうに繰り返した。

「岡田さん。人生には〈幸せの種〉がたくさん落ちているって話しましたよね」

「不機嫌でいたらその種は手に入らないってやつだろ」

「そうです。不機嫌な人はその幸せの種すら手にしないまま日々を過ごす。でも上機嫌だったらその種をたくさん手に入れることができるんです」

「それはもうわかったよ」

「そうですか。それなら話は早い。岡田さん、種から野菜を育てたことがありますか？」

「え？　野菜？　ないけど……」

「たとえばニンジンなら、春のまだ暖かくなる少し前に種を植えます。そこから育ててニンジンとして収穫できるのはいつ頃かご存じですか？」

「さあ、五ヵ月くらい先？」

「わかってるじゃないですか。僕はてっきり『その日』とか言うんじゃないかと思っていましたよ」

「そこまでバカじゃないだろ」

「ええ。もちろん冗談です。でも、僕たちは仕事の成果とか努力の成果ということになると、その『バカなこと』を期待していると思いませんか?」

「今、頑張っているんだから、今すぐ結果が出てほしいと思っているということか」

「はい。でも、なかなか結果が出ないと言って苦しんでいるんです。人によっては自分は運が悪いとか思い始めます。頑張ってるのに報われないって言う人はみんな、種を蒔いてそれを育てているんですが、ちゃんとした収穫時期の前に『まだ育たない』と言って嘆いているようなもんです。もっと長い目で見たら、報われない努力なんてないんですよ。あまりにも短い期間の努力で結果が出ることを期待しすぎているだけです。今日頑張って明日実になるなんてどんなに早く育つ種でも無理なことですよ」

修一は暗い顔をした。

「それがわかっていても、俺には時間がないんだよ。次の給料日が来るまでになくなった契約分だけでも取り返さなければ終わりだ」

「そんなことで終わりはしないですよ。収入がなくなっても、仕事がなくなっても終わりなんてないです。そこからまた始めるだけです。その強さは誰にだってあります。だから心配しなくていい」

修一は思わず涙目になり運転手を見た。運転手の言葉には今の修一に立ち上がる勇気をくれるだけの力があった。

「俺にもあるのか？」

「ええあります。そして、たとえ今岡田さんが考えている最悪のシナリオ通りの日がやってきたとしても、そのどん底からまた始める勇気さえあれば、いつか必ずさっきのセリフを言う日が来るんですよ」

「さっきのセリフ？」

「『あそこが始まりだったな』です」

問題が立て続けにやってきていて弱くなっているのであろうか。運転手の言葉に、修一の目に涙があふれそうになってきた。修一は、それをぐっとこらえると、慌てて鼻をすすった。

「そうか。ハハ。なんか元気もらったな」

「そう言ってもらえたら嬉しいです」

運転手は嬉しそうに頭をかいた。

修一はその姿を後ろから見ながら息を整えた。なぜだかわからないが目の前の運転手がそう言ってくれるのであれば、自分にはその力があるのだろうと思えた。それは今の修一にとっては何よりも強い心の支えとなる言葉だった。修一はもう一度鼻をすすって笑顔をつくった。不機嫌そうな顔はもうする必要がなくなったからだろう。

「そう言えば今、報われない努力なんてないって言っただろ」

「ええ」

「前にもそんなことを言っていたよな」

「ハイ、言いましたけど」

「あんたの言っていることは概ね正しいし、俺は本当に勇気をもらえたんだが、報われない努力なんてないっていうのは、やっぱり俺を励ますための方便でしかないんじゃないかと思ってしまうんだが」

「そんなことで嘘をついて、あなたをやる気にさせようなんて思っていませんよ。事実、報われない努力なんてないですから」

運転手はミラー越しに修一の顔を見た。

「あれ？　……あまり納得していないようですね。でも続きはまた今度にしましょう。目的地に到着しましたんで」

運転手はそう言うと車を止めて、後部座席の扉を開けた。

いつの間にか、あたりは真っ暗になっている。どこに降ろされたのかよくわからないが、どこかの繁華街だ。メーターを見ると42,330になっている。だいぶ使ったようだ。

「ここはどこだ？」

運転手は笑みを浮かべた。

「あなたの運を変える場所です」

修一は口元だけで笑顔をつくると、車を降りた。いつの間にか、ずぶ濡れだったスーツも乾いている。

「忘れないでくださいよ……」

「上機嫌……だろ。今度は大丈夫」

「それに……」

「損得じゃなく『興味を持つ』だろ」

運転手はコクリとうなづくと、扉を閉めて車を走らせた。

ＴＡＸＩ

車を降りた修一はあたりをぐるりと見回してみた。見覚えのない街だが、そこが繁華街であることはすぐにわかる。雑居ビルの群れにスナックやバーといった看板が立ち並んでいる。人通りも多く、往来にはタクシーが行き交っていた。目の前のビルの一階が酒場になっている。

「ここか……」

その店に入ろうとしてビルを見上げた。間口が狭い灰色のビルは上の階にもびっしり飲み屋が詰まっているが、ビルの前面についた看板を見て修一は足を止めた。「ＴＡＸＩ」という名の店がある。

「タクシー……って」

思わず笑みがこぼれた。自分の運命はまさにタクシーによって変わろうとしているのだ。

「こっちだな。きっと」

修一は向きを変えてエレベーターホールに向かった。

狭いエレベーターに乗り込むと、古めかしい「5」というボタンを押した。

エレベーターが上昇している間、修一は、

「上機嫌、上機嫌」

と心の中で繰り返していた。

エレベーターを降りるとすぐ右が店の扉になっている。通りから見た感じではわからなかったが、店の雰囲気は良さそうだ。中に入ると、右手のカウンターの中に長身のマスターがいて、とても落ち着いた声で、

「いらっしゃい」

と笑顔で迎えてくれた。

先客はひとりだけで、カウンターの一番奥に座ってノートに何かを書いている。奥の壁に立てかけてあるギターケースはおそらくその客のものだろう。修一は間三つの席を空けて同じカウンターに座った。

「何飲まれますか？」

「じゃあ、まずビールください」

そう言うと、スマホを取り出した。「マップ」で自分の居場所を確認するためだ。アプリを開いてみて自分のいる場所を確認する。自分を示す青い丸印が雑居ビルの中にあるのがわかる。指で地図を縮小していって修一は絶句した。

「ま！　まつやま⁉」

思わず頭を抱えた。とっさに、会社用の携帯の電源を切った。勤務時間は終わっているので問題はないはずだ。けれども、脇屋に自分の居場所を確認されて、

「なんで四国にいるの？」

と聞かれたらどう答えていいかわからない。唯一の救いは今日が金曜日だということだ。明日は出勤する必要がないので、何とでも言い訳はできるであろう。これが金曜日でないなら、翌日の出社にも間に合わないところだ。

それでも、電源を切ったら逆に少し吹っ切れた。なぜだかわからないが松山にいるという事実は変えられそうもないし、ここがどうやら自分の運を好転させる場所らしい。だとしたら終始上機嫌でいて、今の状況を楽しむことが今の自分にできるいちばんいいことなんだ。自然とそう思うことができた。

「何が起こるかわからないが、起こることを楽しんでみよう」

そう腹を決めてみると、自然と上機嫌になれた。

「なるほど、上機嫌でいるというのは、楽しいことを期待するのではなく、起こることを楽しむと決めるということなのかもな」

考えてみれば一人でバーに来てお酒を楽しむという時間の使い方をこれまでしたことがなかった。車の営業をしていた頃も今の仕事も、飲むといえば居酒屋で会社の同僚とワイワイやりながら、というのが定番で、こんな感じの店で一人で……となると、どんな時間の過ごし方をしていいやら戸惑いしかない。ただ、こんな時間も悪くないなと思う自分もいる。誰にも邪魔されずに、音楽に身体を預けながら一人になれる場所。

「いいお店ですね」

修一はカウンターの向こうのマスターに声をかけた。自然と出たひとことだった。マスターは微笑みながら軽く会釈を返した。修一は店を見回してみた。

カウンターの左端にいる若い男と目が合った。修一は笑顔を作ると相手も微笑んだ。男は先ほどまで開いていたノートを閉じ、大きな氷が入ったグラスを手にしていた。見たところ若そうに見えるが、もしかしたら三十代かもしれない。

「よく来るんですか？」

「ええ、まあ。稼ぎがあった日は来ますね。ここの雰囲気と、ここで過ごす時間が好きですからね。そのために働いてると言ってもいいかな」

最後の言葉は冗談ぽく言ってその男は笑った。

「ギターは趣味でやられているんですか？」

修一は視線をギターケースにやった。男は苦笑いをした。

「いや。これで稼いでるんです」

「それは失礼しました。プロのミュージシャンの方だったとは」

「いやいや、そんなちゃんとしたもんじゃないですよ。ギターケースを開けて路上で曲を弾いて、通行人からお金をもらう。それをプロのミュージシャンと言うならそうなんでしょうけど、世間じゃそういうの『自称ミュージシャン』と言うんじゃないでしょうかね。または『無職』」

そう言って、その男は屈託のない笑顔で笑った。

「ということは他に仕事は……」

「してないですよ。これだけで食っていくって決めましたから。自分で曲を作って、その曲を演奏してそれだけで生きる。そんな人生で唯一の贅沢が、稼ぎがあったらここで飲む……そんな感じですよ」

「じゃあ、いつかはスターになるっていう夢を追ってるんですね」

「なりたいとも思っていないし、なりたくないとも思っていないですね」

「どういうことですか?」

「そのためにやってるんじゃないということですよ。まあ、偉そうなことを言いますけど、自分の好きな音楽をやって、それを喜んでくれる人がいれば、それが多いとか少ないとか関係ないと言いますか。自分のやっていることで誰かが幸せな気分になるって最高に幸せな瞬間ですから。そういうのを積み重ねる生き方がしたいんですよね」

修一は衝撃を受けていた。

職業柄、これまで出会った人たちは同僚も顧客も、収入や保険、将来設計というものに対してシビアで、収入はいくら以上ないと困るという前提で生きている人ばかりだった。目の前の男のように自分のやりたいことをやって少なくても入ってきた額の中で生きるという生き方をしている人に出会うことは滅多になかった。

ただ一番の衝撃は、そういう生き方をしているという事実よりも、目の前にいるこの男がそういう生き方をしていながら幸せそうに見えるという事実だった。

いや、実際幸せなのかどうかはわからない。ただ、あの運転手が言うように『上機嫌』であるのは確かだ。少なくともこの男は自分の機嫌は自分でとれる人間であるのは間違いない。修一は思わず鳥肌が立った。

「強い人だ……」

心の中でそう思った。

修一はビールを飲み干すと、ウイスキーの水割りを注文した。

「それは、どんな曲なのか聞いてみたいですね」

男は口元を緩ませると、足元に置いてあった鞄の中からCDを一枚取り出して、右手をめいっぱい修一の方に伸ばしてカウンターの上に置いた。修一は椅子から立ち上がり歩み寄るとそれを手に取り、その男の隣に座った。

白黒で撮られた横顔の写真がジャケットデザインになっており、Arataとだけ文字が書かれている。

「あらたさん……」

「ええ、藤上新《ふじかみあらた》ですが、『Arata』として活動してます。よかったらそれ差し上げますよ」

「いやいや、買わせてください。お支払いしますよ」

修一はケースの裏を見てみた。１５００円とプリントされている。

「取っといてください。お代をもらうのは俺の曲を聴いて気に入ってくれた人って決めてるんで。あなた……」

「岡田です」

修一は慌てて自己紹介した。

「岡田さんは、まだ聴いてくれたわけじゃないですから」

修一はありがたくもらうことにした。

「それじゃあ、遠慮なくいただきます。帰って聴かせてもらいます」

そう言いながら両手でそれをいただくように額の前に持ち上げた。目の前にウイスキーの水割りが運ばれてきた。修一はそれを一口あおると、藤上の方に向き直った。

「それにしても毎日大変じゃないですか？　だって、来月どころか明日の収入も決まってないじゃないですか。恐くないですか？」

修一の素朴な疑問だった。好きなことをやって生きていくというのは言葉だけ聞けばかっこいいが、実際にそれで生きていこうと思うのは覚悟がいるものだ。将来の保証もなければ、将来どころか明日もわからない。

ところがそんな毎日を送っている目の前の男に悲壮感はない。しかも、そうやって稼ぎがあれば、ここに来て過ごすのが幸せな時間だと言っている。

若者らしいと言えばそれまでだし、何も考えていないだけかもしれないが、その剛胆さというか、剛毅さというか、そういうものは修一にはない。修一は「将来」とかいうことに対していちいちビクビクしてしまうのだ。それこそ子どもの頃からそうだった。目の前の男のような生き方を自分ができるとは思えない。

本当はもう一歩踏み込んで、

「将来のこととか不安にならないんですか」

と聞いてみたかったのだが、失礼な気がしてやめておいた。だが、もし自分が同じ立場なら、将来のことが不安で仕方がないだろう。藤上はちょっと微笑んで、グラスをあおった。

「岡田さん、ギターって弾いたことありますか？」

「いいえ……」

「そうですか。ほら、ギターを弾いてると、こうなるんですよ」

そう言って左手を修一の目の前に出した。修一はその左手をまじまじと見たが、藤上が何を言おうとしているのかわからない。

「指先が硬くなるんです」

触ってみるよう促しているようなので、修一は指先に触れてみた。

「本当ですね」

「機会があったらちょっとギターを弾いてみてください。最初は上手く音が出ないんですよ。指先が柔らかいのでギターの弦を押さえようとしたら指の方が凹むんです。ところがギターの弦って結構強く張ってあるんです。だからちゃんと音を出すためには強く押さえないといけない。そうすると、触っていないつもりでもいろんなところが弦に触れて音が出なくなっちゃうんです」

「弾いてみたら？　今だったら他にお客さんもおらんし、ええよ」

マスターがカウンターの向こうから笑顔で言った。

「いや私は……」

修一の言葉を聞かずに藤上はギターケースを開けてギターを取り出すと、修一に渡した。

初めて触れるギター。恐る恐る抱えるように持った。

「右手でジャーンってやってみてください」

藤上の言葉を受けて、右手で六本の弦を弾いてみた。イメージは「ジャーン」だが、六つのバラバラの音が時間差で鳴る情けない音がした。

「ホントだ。思ったより固いですね」

「左手押さえてみますか」

藤上は修一に、この指でここを、この指でここをと、一つひとつ押さえる場所を指定した。

「これがCというコードです。そうです。左手をそのままにして右手をジャーンってやってみてください」

「は、はい……」

修一は言われるままに右手で弦を弾いてみたが、音が鳴ったのは一本分だけで残りの五本分は綺麗な音が出なかった。

「はは……思ったより難しいですね」

何度か握り直してみて、Cの音を鳴らしてみようとしたが、結局上手くいかなかった。

修一は恥ずかしさを笑ってごまかしながら、ギターを藤上に返した。

「でも頑張って続けていると、こうやって指先が硬くなる。で、指先が硬くなると、こうやって、触れるような感覚で弦を押さえることができるようになるんです」

そう言いながら、藤上は今修一に教えてくれたCのコードを押さえて、ジャカジャーンと鋭い音を響かせた。

よほど強く押さえていたからか、修一の左手は指先がジンジンしている。藤上はすぐにギターをギターケースの中にしまった。

「ギターは指先が硬くなるから弾けるんですよ。これってすごいことだと思いませんか?」

「すごいこと……?」

修一は眉間にしわを寄せた。

「ええ。ずっと続けていると身体がギター仕様に変わるんですよ。でもこれ、ギターだけじゃないでしょ。人間の身体って、ひとつのことをずっと続けているとそれをやるのに適した仕様に変わっていくんですよ。これってすごくないですか」

修一は、そのことをすごいことだと考えたことはなかったが、改めて考えてみると確かにすごいことのような気もする。

「俺ね、人間の身体は、どんな仕様にも対応できるように、最初はあらゆるところが柔らかくできているんだと思うんですよ。それであることに興味を持って身体を使い始めて継続すると、それに必要な部位が成長したり、硬くなったりして、それをするのに適した身体になってくれるんです。でもその間には必ずあるものがある」

「その間にあるもの……」

修一は赤くなり腫れた左手の指先を見た。

「そうです。『痛み』です。ジンジンするでしょ。痛みがあってようやく身体はそれをやるにふさわしい仕様に仕上がる。柔らかいのは、何にでもなれる証で、痛みを経験して初めてスペシャリストになれる」

「痛みですか……」

左手の指先のうずきを感じながら、修一は藤上の話を聞いた。

「動物は靴をはかないでも山の中を歩けるのに、人間はどうして靴をはかなければ歩けないのか……きっとこれも同じだって思うんです。生まれてからずっと靴下と靴に守られて生きてきたから、足の裏がそういう仕様になってないんですよ。つまり、人間の足が柔らかくて弱いんじゃなくて、人間が足を過保護にしている」

「過保護？」

修一はその表現がおかしくって少し笑顔をつくった。

「そう。痛みから逃れるためにずっと靴を使っているでしょ。でもそれを使っている限り、それがなければ生きていけない身体でいることになる。でも思い切って靴をやめれば最初は痛くてたまらなくても、そのうち靴がいらない足ができあがりますよ」

「靴がいらない足ですか……」

藤上は笑った。

「もちろんそんなの作りたいと思っている人はいないんでしょうが。まあ、喩え話です」

「はい……」

修一はわかったようなわからないような返事をした。

「要は、人間は最初は柔らかくて弱いんですよ。だけど、使い続けていくと、痛みは伴うけれどもどんどん強くて硬くなっていって、痛みを感じなくなる頃にはそれ仕様に生まれ変わってるってのが俺の持論なんです」

「なるほど……」

「それって、俺のこの生活も同じで、ギターケースを開いて、自分の曲を披露してお金をもらってそれで生活するって、実際ハードなことです。だけど、弱くて心配性の自分を鍛え直すにはこれしかないって思ったんですよ」

「心配性だったんですか……」

「俺、こう見えて、以前は会社員でした」

「そうなんですか?」

「ええ。お店の入口なんかにある玄関用マットあるじゃないですか。靴の裏の汚れを取るためのやつ。あれを取り替えて回る仕事をしていました。もちろん音楽で食っていきたいって思ってはいましたけどね、なかなか踏ん切りがつかなくて挑戦できなかった。仕事は音楽活動をするための資金作りでしかなかったのに、本当は給料がなくなるのが恐くて恐くてたまらなかったんです。臆病者だったんです」

「それは誰だってそうじゃないですかね。生きる糧があってこその挑戦でしょうから。少なくともあらたさんは臆病者じゃないですよ。人前で演奏することだって臆病じゃあできませんから」

藤上は首を横に振った。

「人前で演奏するのだって恐かったんです。最初は指が震えて、途中でつっかえたら頭が真っ白になって続きから弾けないんですよ。家で練習しているときにはつっかえたりしないのに、人前に立つとダメで……そんなところからのスタートでした。でも、そのときさっきのことに気づいたんですよ」

「強くなるためには痛みが必要だと……」

「ええ。俺は自分が臆病で、心配性だからもっと強くならないとって思った。そのためには痛みがないと強くなれない。だからもっと試練を、もっと試練をって路上で演奏しながら思うようになったんです。

そのうち、人前で演奏しても失敗しなくなっていって、新たな試練をって求めていったんですよね。そうしたら、いつの間にか仕事を辞めていました。この試練に痛みを感じなくなったときに、俺は本当の生きる強さを手に入れて、自由になれるんじゃないかと思ったんです」

「どうなんですか？　強くなれたんですか？」

藤上はニヤリと笑った。

「どうでしょう。わかりません。でも、少なくとも、ああなったらどうしようとか、こうなったらどうしようというのはあまり考えなくなりました。不思議なもんですよね。手にしているものがたくさんあるときにはそういうことばかり考えていたのに、今は古い小さいアパートに、こいつがあるだけの生活ですけど、あまりそうは思わなくなりました」

「そうなんですね」

「ええ。だから強くなったんでしょうね、きっと」

「じゃあ、これからも路上で歌を歌って……いつかは」

藤上は首を振った。

「それはわかりません。でも今の生活が俺を鍛えてくれているのは間違いないですから、これから何でもできる気がするんです。音楽を続けたっていいし、会社を作ったってい い、お店を始めることだってできる。自分を強くしていけば何だってできる、って最近思っているんですよね」

「なるほど……」

「明日の収入も決まってないというのは大変じゃないかという質問でしたよね。答えは『大変です』。でもその大変さを望んで、この生活をしているんです。だから恐さはないです」

「強く、たくましくなるために……ですね」

「そうですね。だからもうしばらくは自分に試練を与えてやろうと思ってます。だけど、たまには楽しいことはないとね。だから……」

そう言って藤上はグラスを掲げた。

「ここに来てるんですね」

修一もグラスを掲げた。


「なんで急に松山なの？」

優子の第一声はこれだった。

「帰ったら説明するけど、仕事の関係だよ」

と言ってはみたものの、まあ納得のいく説明をすることは難しいだろう。

「それより、ひとつ聞きたいことがあるんだけど」

「何？」

「昨日、夢果の担任の先生と話をしただろ」

「うん」

「俺が到着する前に、優子は先に到着して先生と話をしていたみたいだけど、何の話をしてたんだ？」

「何って、世間話……だったかしら。ちょっと待って、そうそう、あなたの話になって、保険の営業をやってるって話をしたら、『ちょうど生命保険に入ろうと思っていたところなんですよね、ちょっとお話聞きたいなぁ』って言ってたのよ。だから面談のあとにでもぜひって話をしてたのに、あなたがなんか機嫌悪くなってきたから……」

「わかった。もういい……」

修一は電話を切った。驚きはなかった。運転手の話を聞いたときから、本当にそういう会話をしていたのだろうと思ってはいたが、今の優子の話を聞いて確信した。

「あの運転手の言っていることはすべて本当のことだ」

だとしたら、今日のあの店での出来事には自分の運を好転させる何かがあったということになる。

ところが、それほど大きな変化があったとは思えなかった。確かに、初めて〈バー〉というものを経験したし、そこで出会ったミュージシャンの言葉は今後の人生に大きな影響を与えるかもしれないほど新鮮な響きがあり、修一の心に突き刺さった。

が、自分の仕事の話ができたわけではないし、藤上との別れ際に名刺を渡しはしたが、営業のためというよりは自分の名前を紹介するためといった軽い気持ちしかなかった。生命保険を勧めるような相手ではないのはわかっていたし、他に新しい契約が取れる予兆のようなものがあったわけでもない。

運転手は〈保険の仕事を辞めて幸せになる未来〉の可能性についても話をしてくれた。ということは別の道に行けという暗示のようなものがあったのだろうか……あったとしたら……

「ギター……？」

と思ってみて修一は苦笑いをした。

「四十超えたオッサンが、ギターを習い始めてギタリストになるっていうのは、さすがにないだろ」

現状の延長上にない未来のことを考えるとき、修一の心は躍っていた。それは自分でも感じる。

でも感じるたびに〈現実逃避〉をしているだけのような気がして、自分で現状の延長上の未来を考えるように思考を引き戻す。そこには避けられない苦しみが厳然としてあるのがわかる。

「契約も取れないで、こんなところで何をしているんだ」

と、自分を責める自分がいる。同時に、

「あの『あらた』のように、未来を恐がるのをやめるためには、自分にももっと試練が必要なのではないか」

と、思い始めている自分もいた。修一の心は絶望の淵にとどまるだけではなくなりつつあった。運転手の言葉を思い出した。

「すぐには何も起こらない」

「種を蒔いたら収穫までに時間がかかる」

おそらく、あとから自分の人生を振り返って考えてみたときに、今日のあの夜の出来事が転換点になっている何かと出会うのだろう。現状に対する焦りはあるが、未来に対しての漠然とした希望も抱き始めていた。


翌朝一番で修一は道後温泉に行った。ゆっくりと温泉につかり、今の自分の状況を整理したいと思ったからだ。

以前、お客さんの中に松山出身の人がいて、その人から道後温泉には聖徳太子も湯治に来たんだという話を聞いたことがある。いろいろなことが一気に起きていて頭の整理がつかないときには、リラックスするに限る。そう考えてのことだった。

風呂から上がって浴衣を羽織ると、一気に汗が噴き出してきた。その汗に濡れた浴衣を、朝の緩い風が通り抜けると、何とも言えない涼やかな心地がする。こんなに気分のいい朝は久しぶりだ。

その後、昨日から着たきりのスーツにもう一度着替えると、路面電車に乗って大街道まで行き、松山の商店街を目的もなくブラブラ歩いてみることにした。商店街には活気があり、なんとなく歩いているだけで気分が晴れやかであった。

「なんだか、上機嫌でいるのが苦ではなくなってきたぞ」

そう思った瞬間に、目の前には楽器屋があった。修一は吸い込まれるようにその店に入った。

自分でも信じられないのだから、そのときの精神状態を誰にどう説明しても納得してもらえることはないだろうと思う。だが、その店を出るとき修一は肩からギターケースをぶら下げていた。ギターを買ってみようと思いついた理由を自分なりに分析してみると、やはり、あの運転手の言葉に導かれて……としか言いようがないのかもしれない。

本当に昨日、あの店で自分の人生の運の転機が訪れていて、上機嫌でいたらそれがわかるのだとしたら、答えは「ギター」にしか行き着かなかった。しかも楽器屋を探して歩いていたわけではないのに、目の前にそれが現れたというのも、何かの予兆のような気もする。

　藤上が使っていたギターと同じメーカーのギターを見つけた。Martinというらしいが、それがあまりにも高いことに驚いた。楽器屋の店員の話だと、どうせ買うなら高い方がいいとのことだったが、とてもじゃないがそこまでは手が出なかった。結局それでも十万円程度の一本を買ったのだが、買ったあとで「高い買い物だったか」と反省した。まあ、Martinに比べると十分の一の値段だったのだが。

「今の自分にとって必要なものには違いない」

　その確信は修一にはあった。しかし、どう必要なのか、どうして必要なのかは自分でもわからないのだから、それを誰かに説明することもできなければ、納得してもらうことなど期待すべくもない。買ってしまったあとで、

「優子にどう説明すればいいだろう……」

と初めて考えた。そのときになって今更ながら頭を抱えた。

　おそらく最初は、

「何、買ってきてんのよ」

と言いながら怒るだろう。

わめき散らしたりはしないが、

「だいたいそんなの買う余裕、うちのどこにあるのよ」

「どうせすぐやめるのに、ゴミになるだけじゃない」

といつもの調子で文句を言われるに違いないのだ。そしてひと通り文句を言い終わって納得したら、ちょっと言いすぎたと反省したような顔をして、

「でもまあ、仕事の関係でそういうものを買わなければならないつきあいがあるってのもわかるから、仕方ないけど……」

と言って話は収束に向かうだろう。

でもそれは「仕事が順調である限り」という条件の下である。そのあとで修一が、言わなければならないことは、優子にとって理解しがたい混乱を生むことになるだろう。

「二十件分の解約があった」

「来月分の給料が三分の一以上少なくなる。下手をすると半分ほどかも」

「十ヵ月分さかのぼってすでにもらった給料を返さなければならない」

「ボーナスからも引かれるから、しばらくボーナスは期待できない」

「場合によっては貯蓄から払わなければならないかもしれないが、そのときは夢果の高校進学のために貯めておいた貯蓄から払うしかない」

「パリ旅行には行けそうもない」

どれひとつとっても、軽い気持ちで報告できるものはなく、聞かされる側にとっても相当な覚悟が必要なことばかりだが、今のままだと、これらすべてを言わなければならない状況にあるのだ。

優子に理解があって、百歩譲って、

「仕方ないよ。またこれから頑張ればいいよ」

と言ってくれたとしても、

「で、どうしてそんなときにギターなの……」

と来るに決まっている。

「どうして、と言われても、今はギターを買う流れなの。そうした方が将来が開けるという予兆みたいなものがたくさんやってきたから……」

そんな返事で納得できるはずはない。いっそ、あの変な運転手の話をしてみるか。修一は首を横に振った。

「それこそ、信じてもらえるはずもないだろう」

しかし、暗くなって家に着いた修一を迎えた優子の反応は、予想とは違っていた。ギタ

ーケースを肩にぶら下げた修一を見るや目が飛び出さんばかりに驚いて、しばらく絶句したと思ったら、

「な、何買ってきてんのよ」

と、絞り出すように言った。

セリフは予想通りだったがその表情に怒りは見て取れなかった。ただただ驚いているようだ。

「いや、これには事情があって……今度話すよ」

そう言ってごまかしたが、優子はその後も特に怒る様子もなく、理由を問いただそうともしなかった。顧客とのつきあいでどうしても買わなければならなくなったと思ってくれたのか。それとも半年後の忘年会用の隠し芸として練習するよう上司に強要されたとでも思っているのか。

まあ何にせよ、修一が特に説明するまでもなく、優子の方でそれを買わなければならない理由があったのだろうと勝手に納得してくれたようだ。

修一は一応ホッと胸をなで下ろしたが、最大の問題はあと回しになったままである。修一は、言わなければならないことを言い出せずにいた。

すべての努力は報われるか

修一は、連日の深夜のギター練習によって少しだけ硬くなった指先を自分の親指で触りながら、タクシーに揺られるままに窓の外の景色を見ていた。不思議な運転手は、毎日のようにやってくるのかと思っていたがやってきたのは五日ぶりで、あれは本当にあったことなのか、それともやはり夢でも見ていたのかもしれないと自分でも夢と現実の境界がわからなくなり始めた頃に、ふと目の前に現れた。

運転手は相変わらず、行き先を告げずとも車を走らせた。修一は、ここ数日自分に起こっている変化を考えながら言葉を発することなく後部座席に座っていた。

上機嫌でいること。そうすれば自分の人生を変える運気を摑むアンテナの感度がよくなり、人生が変わり始めるのだという運転手の教えを自分なりに実践していた。そうすることで、すぐに自分の人生に運の転機が訪れるのかと思っていたのだが、ここ数日、特に自分の人生において目立った変化はない。

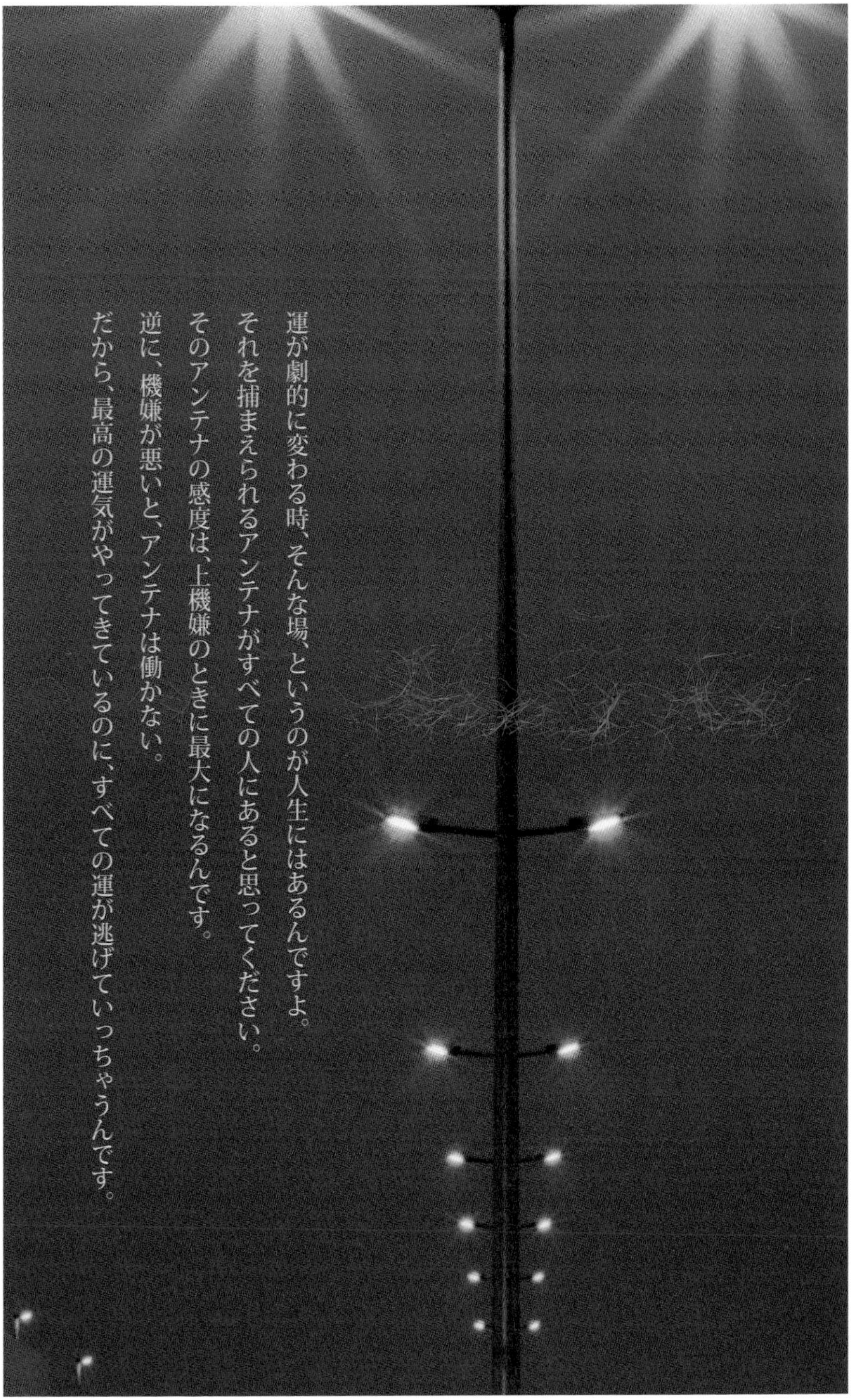

運が劇的に変わる時、そんな場、というのが人生にはあるんですよ。
それを捕まえられるアンテナがすべての人にあると思ってください。
そのアンテナの感度は、上機嫌のときに最大になるんです。
逆に、機嫌が悪いと、アンテナは働かない。
だから、最高の運気がやってきているのに、すべての運が逃げていっちゃうんです。

運は〈いい〉か〈悪い〉で表現するものじゃないんですよ。
〈使う〉〈貯める〉で表現するものなんです。
先に〈貯める〉があって、ある程度貯まったら〈使う〉ができる。
運は後払いです。何もしてないのに
いいことが起こったりしないんです。
周囲から〈運がいい〉と思われている人は、
貯まったから使っただけです。

自分の人生にとって何がプラスで何がマイナスかなんて、
それが起こっているときには誰にもわかりませんよ。
どんなことが起こっても、起こったことを、
自分の人生において必要だった大切な経験にしていくこと、
それが〈生きる〉ってことです。
長い目で見たら、報われない努力なんてありません。
あまりにも短い期間の努力で結果が出ることを
期待しすぎているだけです。

そこにあなたが生まれ、ほんの百年ばかり生きて死んでいく、
そのときです。
あなたがその物語に登場したときよりも、
少しでも多くの恩恵を残してこの物語を去る。
つまり、あなたが生きたことで、少しプラスになる。
それこそが真のプラス思考じゃないかと思うんです。

最後にこの運転手と別れてから、新規の契約は一件も取れていなかった。

日一日と給料日が迫り、状況的には追い詰められているのだから、運が向いてきたというよりは、悪くなっていると言ってもいいのだが、

「こんなことしている場合では……」

「どうしたらいいんだ」

と考えて余裕がなくなるたびに、眉がつり上がり眉間にしわが寄るのに気づき、

「いかん、いかん上機嫌だった」

と自分に対してダメ出しをするそんな毎日だった。

このときも、窓から外を眺めながら、上機嫌になったところであまり日々に変化がないことに対して物足りなさというか、多少の焦りを感じながらも、

「上機嫌でいなければ、運の転機に気づかなくなってしまうんだから……」

と、自分に言い聞かせていた。

しかし、ここ数日何か大切なことを忘れているような気もしていた。そのことをミラー越しの運転手の顔を見て思い出した。

「そうだ。ポイントカード……」

運転手が最初に話したのは、ポイントカードの話だった。

運はポイントカードと同じで、〈いい〉か〈悪い〉かではなく、〈使う〉か〈貯める〉かだという話だった。だから、自分にとっていいことが起こったときというのは、運がいいのではなく、運を使ったと考えた方がいいということだった。そのとき自分の中にうっすら浮かんだのは、

「じゃあ、今までに貯めてなければ、いいことなんて起こらないってことだろ」

という思いだった。

一方で、

「上機嫌でいないと、運の転機を感じるアンテナが働かない」

という話も教えてくれた。

修一は、運転手がしてくれた話を一つひとつ思い出していくと、自分はもしかしたらとんでもない勘違いをしていたんじゃないかと気づき、思わず「あっ」と声を出しそうになった。

「ちょっと待てよ。上機嫌でいれば、運の転機を感じるアンテナの感度が良くなるとは言っていたけど、運が貯まるとは言っていないよな。運というのは貯めていいて初めて使えるポイントカード制だってことは、これまでの人生で俺が運を貯めていなければ、上機嫌でいて運の転機を感じたところで、そこで使えるポイントがないってことじゃないのか」

自分は、自分の人生を変えるほどの幸運を起こせるだけの運を貯めてこれまで生きてきたと言い切れるだろうか。

答えは「ノー」だ。

ということは、上機嫌でいて運の転機に気づいたところで、必然的に起こる幸運は小さいものになってしまう。修一は前の座席に手をかけて、ガバッと起き上がった。

「どうしたんですか？」

驚いた運転手がミラー越しに修一を見た。

「なあ、教えてくれ。上機嫌でいないと、運を感じるアンテナが働かないんだって教えてくれたよな」

「ええ、そうですよ」

「上機嫌でいるということは、運の転機に気づくというだけで、運を貯めるということではないのか」

「そんなことありませんよ。日々上機嫌で生きるだけで運は貯まります」

修一は少し安堵して座席にもたれた。

「そうか」

「ええ、『ちりも積もれば山となる』です」

「ちり？」

修一はまた背中を浮かせて前のめりにならずにはいられなかった。

「はい。でもバカにしてはいけませんよ。上機嫌で毎日生きている人と、不機嫌に生きている人では一年間で貯まる運の量には、どうあがいてもひっくり返せないほどの開きがありますからね」

「まあ、そうだろうな」

修一は少しがっかりしてもう一度背もたれに背中をつけた。

もし、修一が物心ついてから今日まで上機嫌で過ごして生きてきたのだとしたら今頃それによる運はものすごく貯まっていることだろう。ところが上機嫌でいようとし始めたのはここ数日のことだ。そうなるとまだちりほどの運しか貯まっていないことになる。これから数日のうちに、起死回生の契約が取れるほどの幸運なんて期待できるはずもない。

「ちりも積もれば山となるじゃなくてさ、最初から山みたいに運を貯める方法ってないのかよ」

修一は独り言のつもりで言ったが、運転手は前を見たまま、

「ありますよ」

と答えた。修一の目に輝きがよみがえった。

「あるのか？」

「ありますよ」

「どうすればいい。教えてくれ」

「誰かの幸せのために自分の時間を使うんです」

「誰かの幸せのために自分の時間を使う」

修一はそのまま繰り返した。

「そうです。でも続きがあります。誰かの幸せのために自分の時間を使うじゃないですか。そうすると、それによって何かを得ますよね。そのときしてあげたことと、してもらったことの差が〈運〉です」

「してあげたことと、してもらったことの差が〈運〉？　……どういうことだ？」

修一ははっきりと理解することができず尋ねた。

「え？　そんなに難しい話じゃないでしょ」

タクシーは車線を変更し、路上に停まっている引っ越し業者のトラックを追い越した。

「岡田さんが休みの日一日を使ってご友人の引っ越しを手伝ったとしますよね。これ、友人の幸せのために自分の時間を使っていることになりますよね。その引っ越し後、友人が岡田さんに手伝ってくれたお礼に、ということでウナギをご馳走してくれたとします」

車は鰻屋の横を通り過ぎた。

「してあげたことが『引っ越しの手伝い』で、してもらったことが『ウナギのご馳走』です。どうですか?　してあげすぎたって思いますか?　それとも、してもらいすぎだって思いますか?」

「う〜ん。まあ、妥当なんじゃないのか」

「なるほど。そうすると、運は使ってもいないし、貯まってもいないと考えていいです。ところが、お礼にその友人が二十万円包んでくれたとしたら、どうですか?」

「そりゃあ、もらいすぎだろ」

「ですよね。そのときには運を使ったと考えます。だから逆に、何もお礼がなければば……」

「運が貯まった……ということか」

「そういうことです」

運転手の説明はわかりやすかった。なるほど、そういうときに運が貯まるわけだ。

「ということは、誰かのために相当すごいことをやってあげたのに、何もしてもらえなければ運が相当貯まるということで間違いないな」

「ええ。間違いないです」

修一は腕組みをして助手席のヘッドレストを見つめていた。納得している自分と、納得できない自分が心の中で問答を続けている。

難しい顔をしたまましばらくそうしていたが、

「う〜ん」

と低い唸り声を上げて、修一は口を開いた。

「仕事も同じだってことだな」

運転手は、我が意を得たりという明るい表情をつくってミラー越しに修一を見た。

「そうです」

「それって、ただただ損をしているだけじゃないのか」

「どうしてですか？」

「引っ越しの仕事なら、一日働けば一万円くらいもらえるだろ。それだけ働いたのに五千円しかもらえなければ損してるだろ」

「損はしてないですよ。それだけ運は貯まります」

「その考え方だと、会社にいいように使われて、一生損して生きることになるぞ」

運転手は首を振った。

「そんなことにはなりませんよ。そういう人は運が貯まり続けますから、いつかは……」

今度は、修一が首を横に振った。

「いや、そんなことはない。絶対そうなるなんて言い切れるか？　そうじゃない奴なんて世の中にいくらでもいるだろ。こき使われたまま、いいことなんてひとつもないまま人生を終える。そんな人生だってたくさんあるじゃないか。それでも、お前の言うことを信じろって言うのか？」

運転手は苦笑いをした。

「そういう人たちも、ほとんどが〈上機嫌〉でさえいれば、それまで貯めた運を一気に使うチャンスがあったはずなんです。岡田さんが考えているような人生を送っている人のほとんどが〈上機嫌〉とは無縁の生き方を選択しているというのも疑いようのない事実だと思いませんか？」

運転手がそう言いながら顎をしゃくった。窓の外はどこかの駅の入口になっていて、人があふれるように出てくるのが見えた。どの顔も、上機嫌とは無縁の表情をしている。

確かに、運転手が言っていることも一理あるようには思う。外に見える人たちだけでない。自分も含めて、通勤ですれ違う人たちもみんな不機嫌でいるのが当たり前のような顔をしている。そういう人たちでも誰もが、上機嫌でさえいれば、自分がそれまで貯めてきた運を使って、人生を変える転機を迎えることができるというのか……。すべての人がそうだと言い切れるのか……。

「ん？」

修一は先ほどの運転手の言葉を繰り返した。

「なあ。ほとんどが、って言ったよな」

運転手はミラー越しに修一の顔を見てニヤッと笑った。嫌味な笑い方ではない。

「細かいところに気がつきますね」

「うるさいよ。こういう仕事をしていると、そういう細かい言葉遣いにまで気をつかわないと、あとあと困ることになるということを徹底されるんだよ。それより『そういう人たちのほとんどが……』って言ったってことは、すべての人がそうとは言い切れないということを認めるんだな？」

「まあ、そう興奮しないでくださいよ。実際にはありますよ。ありますけど、絶対ないです」

「はぁ？　何を言ってるんだお前は」

修一はとっさに頭に血が上るのを感じた。

「ほら、すぐ機嫌が悪くなる」

運転手は慌てた様子もなく、笑いながら修一を諌めた。

『『実際にはあるけど、絶対ないです』って日本語を聞いて、『なるほどね』ってうなずく奴とお前は出会ったことがあるのか？　誰だって意味がわからないって言うだろ」

運転手は吹き出した。

「確かにそうですね」

「笑いごとじゃないぞ。俺はお前の言っていることを信じて慣れないことまでやって、バカみたいに上機嫌でいて……」

「ギターまで買って、夜な夜な練習して……」

「そうだよ……ってお前バカにしてんのか？」

「だってすぐに怒るんですもん。ちょっと笑いを入れようかと……」

「笑えるわけないだろ。ちゃんと説明しろ」

運転手はハンドルを握ったまま肩をすくめた。

「わかりましたよ。でも、そろそろその話をしようと思っていたので、ちょうどよかったです」

「その話って何だよ」

「岡田さん。そもそも、どうして僕があなたのもとに現れたかって考えたことはありますか？」

「えっ？……」

修一は言葉に詰まった。

「僕の仕事は、お客様の人生を変えるほどの運の転機が訪れる場所にお連れすることですよ。それもこのメーターが０になるまで乗り放題です。これってすごいサービスだと思いませんか？」

「……」

言われてみればそうなのだ。タクシーに無料で数万円分も乗れるというだけでも、本当は感謝しなければならないことではある。にもかかわらず自分は目の前の運転手に対して感謝どころか怒りをぶつけているのだ。ちょっと罰当たりな気がする。修一は自分の都合しか考えていない子どもじみた態度だったような気がして、怒りが一気に冷め、すごく恥ずかしい気持ちになった。背中が熱くなる。

「いや、それは本当に、ありがたいとは思っているんだが……」

「ほお。ありがたいと思ってくれてはいるんですね。それはよかったです。でも、どうして『自分』がお客様なのか考えたことがありますか？」

「……」

修一は無言で首を横に振った。ミラー越しに運転手がそれを見たかどうかわからなかったので、小さな声で返事をしなければならなかった。

「いいや……ない」

「じゃあ、考えてみてください。どうして僕があなたのところに来たと思いますか?」

「それは……」

修一は「運良く選ばれた」と言おうとしてやめた。運はいい悪いではなく、使う貯めるだと言ったのは、この運転手だ。「運良く」が答えであるはずはない。ということは、「運が貯まったから選ばれた」と言うべきなのだろうが、そんな特別なことに選ばれるほど運を貯めた生き方をしてきた覚えはない。なにしろ、上機嫌でいるということひとつとっても、自分の記憶の範囲でそんな生き方をしていたのは、小学生の頃が最後だろう。中学生になるあたりから、機嫌が悪いのが当たり前で、それが通常の状態として三十年以上生きてきたのだから、その基本姿勢は年季の入ったものである。そんな自分が「運を貯めてきた」なんて言えるはずもないのだ。

「わからない」

修一は正直に言った。声のトーンはだいぶ落ち着いている。

「なあ、どうして俺は客として選ばれたんだ?」

修一は素直に聞いた。

蕎麦の味

「ねえ、あなた。そろそろ寝たら？」

「ん？　ああ……」

　民子の声に、政史は生返事だけ返し、店の帳簿と通帳、そして数々の書類を見つめていた。店の売り上げが徐々に少なくなっているということに気づいたのは二年ほど前だったが、この一年でこれほどまで急激に少なくなるとは予想していなかった。

「修一に言って、来月から仕送りを少なくさせてもらいましょうよ。最近アルバイトを増やしたって言ってたし」

　政史はしかめっ面をして口を真一文字に結んでいたが、

「修一には話さなくていい」

　とひとことだけ言って、また腕組みをして帳簿を見つめた。とはいえ、背に腹は代えられない事情は厳然として目の前にある。

「返せない……」

どうあがいても、ない袖は振れないのだ。

心の中では
「あと一年か……」

と大学四年になった息子修一の卒業までの期間を数えている。

仕送りはしているものの、現時点でも都会で一人暮らしをしている息子に対して学業に専念できるほど十分な額を送ってやれているとは言いがたい。アルバイトをしなければ生活はできないだろう。もちろん修一が最近アルバイトに入る日を増やしたのは遊ぶ金ほしさではあるだろうが、大学生なんだから多少は遊ぶお金だって必要だろう。本来なら学業に専念させてやりたいとすら思っているのに、アルバイトを増やした分、収入が増えただろうからということをあてにして、そこに甘えて仕送りを減らすわけにはいかないというのが、父親としての政史なりの矜持である。

息子の修一には自分とは違う、将来がもっと楽な人生を送ってもらいたい。そのためには、大学を卒業して都会で就職してもらいたい。その思いだけが、苦しい台所事情においても、政史を日々立ち上がらせる原動力になっている。

数年前には、「いくらでも貸します」といった雰囲気だった銀行も今や真逆の対応をするようになり、融資を取り付けるのも難しい。今の自分の年齢とここ数年の店の売り上げを考えただけでも、運転資金を銀行から借りるのは難しいことなのに、二年前から続いているバブル崩壊による経済の落ち込みは銀行の貸し渋りという形で、如実に政史の生活にも影を落としていた。

それでも返済期間を長くして結構高齢になるまで店をやる覚悟であれば借りられるのかもしれないが、「いくらでも貸します」と言われていた時代に、借りた借金がまだ返済できずたんまり残っているのだから、やはり借りられるはずもない。

今思えばどうしてそんなに借りてしまったのかわからないが、「銀行がお金を貸すときには審査がある。その結果、銀行が貸してくれるということは、返済能力が俺にはあるということだ」という根拠のない常識が政史の中にあったのは事実だ。

商店街の地価も下がり続けている今となっては、店付きの家ごと売っても、借金が残ってしまう。

「切り詰められるところを、切り詰めて何とか乗り切るしかない」

結論は出ているのだが、切り詰められるところもだいぶ少なくなってきている。いちばん最近売ったのはゴルフ会員権だった。上がる一方の資産だと信じて疑わず、買うときはべらぼうな金額を払って手に入れたゴルフ会員権も、売るときは0がひとつ少なくなっていた。

商店街の荒廃ぶりといい、ゴルフ会員権の価値暴落といい、まさかそんな時代が来るなんて、一商店主の政史にはまったく予想ができなかった。政史はテーブルの上に置かれた書類の山から、ひとつの封筒を探り出して手に取った。生命保険の証券だった。

修一が生まれる前に入った生命保険は、政史の年齢とともに保険金がどんどん値上がりしていった。もちろん、修一が成長していくとともに、死亡受取金は少なくてすむようにはなるから、見直しは続けていったが、修一が大学を卒業するまでは必要だろうと保険料を払い続けてきた。もちろんそれだけではない。病気で治療が必要になったときに自分が家族にとっての足かせになってしまってはそれこそ修一の将来すら奪うことになってしまう。それだけは避けたいという思いも強くある。

政史はその証券を見つめた。


「昨日のうちに言っておいてくれれば、お弁当作ったのに」

民子は、上がり框に座って靴紐を結んでいる政史の背中に声をかけた。

「いや、途中で食べていくからいいんだ」

そう言うと立ち上がってリュックを背負った。修一が子どもの頃、いっしょに山に登るために買った登山用の服と靴で身を包んだ政史は、民子の顔を見て優しく微笑んだ。民子はとっさのことで驚いたが、自分も政史に笑顔を返した。

「何時頃、帰る？」

「さあ、久しぶりに登るからなぁ。体力次第ってところだろう」

「無理しないでよ」

「ああ……行ってくる」

そう言って玄関を出た。民子は政史が出かけるときに自分に笑顔を見せることなんて珍しかったので、扉が閉まったあと思わず独り、笑みをこぼした。

「どうしたのかしら、急に」

そう独り言を言うと、自分だけの朝食の準備に台所に向かった。まだ六時だ。


「ここから歩くか……」

政史は振り返って定休日でシャッターが閉まった自分の店を一瞥すると、店に背中を向けて歩き始めた。アーケードの商店街を抜けて駅前の通りに出たところで右から走ってきたタクシーが政史の目の前で止まって後部座席の扉が開いた。

運転席の運転手と目が合った政史は、

「乗らないよ」

と静かに言ったが、

「乗ってください。お代はもういただいているんです」

という運転手の言葉と、屈託のない笑顔にやられて後部座席に乗り込んだ。

「いただいてるって、どういうことだ？」

と質問しようと思ったが、政史はあまり細かいことを気にしなかった。乗ってくれと運転手が言うんだから、乗ってやればいいだろう。

「今日はそれでいい」

それくらいにしか思っていない。

タクシーは政史の行き先を聞かないまま動き始めた。

政史は終始無言で、運転手の話を聞いていた。よくよく聞いてみると、運転手の話は不思議なことばかりだし、常識では考えられないことばかりなのだが、それに対して疑問を抱いたり、質問をしてはっきりさせたいと思うことはなかった。実際のところ、政史は運転手の話をよく聞いてなかった。ただ、「100,000」から始まったメーターの数字が減って「98,820」になったのを見て、

「変わった仕事だな」

とあまり感情がこもっていない言い方で、感想を述べたにすぎない。

車は川沿いの道を川の流れとは逆方向に走っている。山に向かっている証拠だ。行く先を告げてはいないが、自分の格好を見て、山だと踏んだのだろう。川向こうの山が徐々に近くなり、山奥に近づいているのがわかる。このあたりでいいだろう。

「もう少し行ったら降ろしてくれるかね」

政史がそう声をかけようとした瞬間に、運転手はウィンカーを出して川沿いの通りを右に折れた。

「お？　どこへ行くつもりだ？」

政史は尋ねたが、運転手は答えなかった。そのうち、いくつかの幟が立った古民家風の建物の前で止まった。運転手は振り返ると、

「ここの蕎麦、絶品なんですよ。食べませんか？」

と、笑顔で言った。政史は苦笑いをしながら首を横に振った。

「せっかくだが、食事はいらないから車を出してくれるか？」

「ダメです」

運転手はきっぱりと断った。

「ダメ？」

「はい。ダメです。たとえ明日がないとしても、最後の食事はここの蕎麦を食べてもらいます」

政史は目を見開いた。運転手には不思議な能力があるのか、政史が口を開かずとも何を考えているのかわかるようだった。政史は強張った表情で、後ろを振り返ったままの運転手の顔を見た。若い運転手は政史の表情を見ても臆することなく、話を続けた。

「そのあと、あなたがどこに行って何をしようがかまいません。でもその前に、この店で蕎麦を食べてもらいます」

「なんで、ここで蕎麦を食わなきゃならないんだよ」

政史は、これから自分がしようとしていることをこの運転手はわかっているという直感から、気が動転して、声がうわずった。

「それは、今日が良蔵さんの命日だからです」

「何……だって……？」

政史は思わず息をのんだ。

「ど……どうしてそんなことが君にわかるんだ」

政史は動揺を隠し切れないまま尋ねたが、運転手はそれには答えなかった。

「昭和十九年七月七日があなたのお父さん、良蔵さんの命日です。サイパン島で亡くなりました。あなたはまだそのとき一歳でしたから、あなたが生まれたとき良蔵さんがどれだけ喜んだか、あなたをどれだけかわいがっていたか知らないでしょう。もちろん面影すら記憶にないでしょう。でも、あなたは忘れてしまったかもしれないけれども、良蔵さんは、つまりあなたのお父さんはあなたのことを愛していました。そして、あなたが育つこの国を守りたい一心で、あなたの将来の幸せだけを願って、死んでいきました」

政史は、自分の本当の父親のことをほとんど聞かずに育った。自分の知っている父親というのは母親が戦後再婚した相手で、その父親にも連れ子が一人いたので、政史は両親が違う弟が一人と、自分の母親と再婚したその父親との間にできた妹が一人いるという家庭環境の中で育った。物心ついた頃に、母親から家族の事情を聞かされたが、自分の本当の父親のことを口にするのは、子どもながらにしてはいけないことのように思っていた政史は、結局、母親に自分の父親について尋ねることは一切ないままだった。

もちろん、自分の父親の名前が「良蔵」だということや、戦死したということくらいは、母から聞いてはいたが、どこで、いつ、どのように亡くなったかなんて知るはずもない。おそらく政史の母親でさえ命日を知らなかっただろう。良蔵が赴いた方面に行って帰ってきた人はいないのだから、その情報が入らなかったのも仕方がないことだ。

「それは……本当のことか。親父は……サイパンで亡くなったのか」

「はい。午前六時十二分。つまり、先ほどあなたをこの車に乗せた時間……です。良蔵さんは、いや、そのとき生き残っていた人は誰もがですが、十日以上も何も食べていない状態で総攻撃を行いました。残った武器は小銃ですが、弾はとっくになくなっており、武器と呼べるものは小銃の先につけた曲がった剣だけでした。武器が石ころだった兵士もいます。そんな状態で、数え切れない数の戦車や戦闘機から砲撃を繰り返す数万の敵兵に対して、走って突撃をするという最期でした。

亡くなる前日、七月六日のサイパン島では格別に美しい夕焼けが見られました。そのとき、生き残っていた一人の兵隊があなたの父親、つまり良蔵さんに言ったんです。

『最後に赤福食べたかったなぁ』

って。その方は伊勢出身の方で子どもの頃から赤福が大好物だったそうです。その美味さを最期に誰かに話しておきたかったみたいです。そしたら良蔵さんは、蕎麦の話をしました。うちの田舎の蕎麦は絶品だと。なぜなら水が美味い。あれはきっと他のどこよりも美味い蕎麦だろうって。それを聞いて、その兵隊が、

『お前も最後にその蕎麦を食べたかっただろうな』

と言ったんです。そうしたら、あなたのお父さんは首を振りました。そして、

『俺には生まれたばかりの息子がいる。あいつが食ってくれるからいいんだ。あいつに蕎麦を食わせるために、俺は明日死んでいくのさ』

そう言って笑ったんです」

「……」

政史は口を開けたままその話を聞いていた。瞬きを忘れた両方の目からは涙がこぼれていた。

「もっと詳しく聞きたいですか？」

返事をすることも忘れて運転手の話を聞いていた政史は、ふと我に返って慌てて返事をした。

「ああ……。聞かせてくれ」

政史は座席から身を乗り出すようにして運転手に顔を寄せた。

「では、店に入りましょう。蕎麦を食べながらお話しします」

そう言うと、運転手は後部座席の扉を開いた。政史は涙をぬぐって車の外に出た。

政史は目の前に運ばれてきた蕎麦をまじまじと見つめていた。

竹で編んだざるの上に乗っている真っ白な蕎麦は水で洗われたばかりなのがよくわかるほど艶めいていて、光り輝いて見えた。

「ひもじい思い」

政史が子どもの頃にはいつも身近にあった言葉だ。

「お前たちにひもじい思いをさせないために頑張った」

という母親の言葉が思い出される。

けれども、中学を卒業する頃にはそんな思いを実感するような出来事は一度もなかった。いつの間にか食べたいものを食べたいときに好きなだけ食べられるという生活が当たり前になっていた。

ところが、自分の本当の父親は、そういう戦後の復興や発展を見ることなくその人生を終えた。命を賭けた良蔵の唯一の願いは、

「息子を守ってやりたい」

というものだった。

政史がこれまでの人生を振り返ったとき、食事に困るようなことが実は一度もなかったのは、良蔵のその思いのおかげだったのかもしれないと、そのとき初めて考えた。

「岡田さん。美味しいうちにいただきましょう」

運転手はそう言って、政史に箸をすすめた。

「ああ……そうだな」

蕎麦を見つめたまま運転手から箸を受け取った政史は、両手を顔の前で合わせて、その蕎麦を拝むようにしてゆっくりと頭を垂れながら、

「いただきます」

と言った。蕎麦をつかむ箸先が震えた。震える手を何とか制御しながら蕎麦をつゆに運ぼうとしたが、政史の目から涙があふれてきて止まらなくなった。

「ダメだ、ちょっと待ってくれ」

そう言いながら、箸を置くと片手で顔を覆った。運転手がハンカチを取り出して、政史に差し出した。

「大丈夫ですか?」

「すまん。これが親父が俺にどうしても食べさせたいと思ってくれていた蕎麦なんだよな」

「はい。そうです。ここはずっと昔からある店なんです。良蔵さんもここの蕎麦が好きでした」

「俺はこれまでの人生で、ずっと好きなもんをたらふく食べてきて、それが当たり前だと思って生きてきたんだ。なのに、親父は……せめて、せめて、親父にこれを食わせてやりたかったと思うと……」

政史はもう言葉を発することができなくなるほど嗚咽がひどくなった。

「気持ちはわかります。だからこそ、岡田さんが味わってあげてくださいよ」

政史は、言葉を発する代わりに何度も激しくうなずいた。そして鼻をすすると、もう一度箸を手にした。手は震えているが、今度は先ほどよりも多めに蕎麦を取ると、一気につゆに浸し、勢いよくすすった。

口をモグモグと動かしながら、政史は何度もうなずいた。声にはならず、涙だけが流れている。やがて口の中の蕎麦を飲み込んでしまったが、うなずくのをやめることはできなかった。

「……」

きっと、父親と語り合っているのだろう。運転手は声をかけるのをやめた。そして素早く蕎麦を食べ終えると、

「先に車で待っていますよ」

と言って席を立った。政史は笑顔だけ運転手に返した。

政史が店の外のタクシーに顔を出したのは、それからゆうに一時間は経った頃だった。自分の中にいる良蔵とじっくりと話ができたのだろう。目は泣きはらしたように赤くなっていたが、表情はスッキリとしていて、なんだか憑きものがとれたような爽やかな笑顔で車に乗り込んできた。

運転手は無言で扉を閉めると、車を走らせ始めた。川沿いの山道を来た方向に引き返している。政史は何も言わなかった。運転手はどこに向かうべきかわかっていると言っていた。どこに連れて行かれるのかはわからないが、政史が向かうべき先は山ではなくなったということなのだろう。政史もあえて山に行けとは言わなかった。しばらく走ったあとに政史が運転手に声をかけた。

「運転手さん。今日、僕が山に行こうとした理由はわかってるの?」

「ええ。足を滑らせに行ったんですよね」

政史は笑った。

「やっぱり君は何でもわかっているんだね。それを止めるために僕の前に現れてくれたってわけか」

「いいえ。止めるつもりはありませんでした。ただ、私は自分の仕事として、あの蕎麦屋にあなたをお連れしなければならなかったので……」

「そうか。いや、ありがとう。おかげで覚悟が決まったよ。なんだかんだ言っていつの間にか贅沢に生きるのに慣れて、生きる力というか生命力というか、そういうものをなくしていたんだね」

「……」

運転手は返事をせずミラー越しに笑顔を返した。政史は身の上話を語り始めた。

「僕の人生はほんのこの前まで、本当に順風満帆だったんだ。貧しかった子どもの頃が嘘のように、戦後復興の波に乗って店は繁盛したし、大人になって店を継いだときに商店街ができて、運良くアーケードのど真ん中のいちばんいい場所が自分の店になった。何もしなくても、お金がどんどん入ってくるんだよ。ひもじさなんて無縁の贅沢な生活さ。夜になったらスナックを飲み歩いたし、休みの日は、商店街の他の店の人たちといっしょにゴルフ三昧さ。

金回りがいいときは銀行もどんどんお金を貸してくれる。そのお金で店を改装したらまた売り上げが上がるし……将来の心配なんてしたことなかった。子どもの頃の生活を考えると、自分たちは本当に運がいい時代に生まれたと思ったものだ。そして、いつの間にか、そんな生活が当たり前になっていた。

ところが、この一、二年で急激に潮目が変わった。商店街から徐々に人が消えていき、収入減と高齢を理由に店を畳む店主が相次いだ。別の店が入ればいいんだが、店の奥と二階が住居になっているから新しい店は入れない。商店街から活気がなくなるのは一瞬だったよ。これは大変なことになるかもしれないぞ……と思ったときにはもうどうしようもない状況だった。お客はみんな大型のショッピングモールに流れてしまった。何をやっても人の流れを戻すことができないんだよ。僕は、どうして自分ばかりこんな思いをするんだ……って思っていたんだ。運が悪いって。

でも、今日、蕎麦を食べたあと、一人であの店で考えていた。もしかしたら、右肩上がりで調子が良かった頃は、運が良かったわけじゃなくて、自分じゃない人間が〈使わずに貯めておいた運〉を使わせてもらっただけなんじゃないかって。

僕の本当の親父は、生まれてから死ぬまできっと僕が経験したような〈運がいい〉と思えるようなことをまったく経験しないまま人生を終えたんだよ、きっと。もちろん僕の親父だけじゃない。あの時代を生きた人はみんなそうだろうし、さっき君が話してくれたように、同じようにサイパン島で亡くなったすべての人たちだってそうだろう。その人たちが、僕たちのために貯めておいてくれた運を僕たちは使って生きてきた。そして、それをそろそろ使い果たしたのかもしれないなって……そんな気持ちになったんだ。

君が僕の元に現れたのもそうだろ。僕がこれまでにしてきたことが原因で君を引き寄せたわけではない。僕の親父のしてきたことが原因だ。ほらね。今だって僕は親父の貯めてくれた運を使って〈幸せ〉を引き寄せている。

……僕の言っていることは間違っているかね」

政史は、ミラー越しに運転手を見た。

運転手はニコッと笑っただけで、特に返事をしなかった。

「そう考えると、ちょっと死ねなくなってね。このままだと前の時代の人たちに貯めてもらった運を使うだけ使ってこの世を去ることになる。この先、何年生きられるかわからないけど、次の世代のために運を貯めるような生き方をしないといけない。あの蕎麦を見てると、親父からそう言われてるような気がしたんだよ」

「そうですか……」

そう言うと、タクシーは止まった。

「さあ、着きました。ここが今のあなたが来るべき場所です」

政史は窓の外を見た。目の前に金物屋があった。今まで見たことがない店だった。

メーターを見ると「71,450」だ。真剣には聞いていなかったが、運転手の説明だとこのタクシーはメーターが0になるまで乗り放題だと言っていた。

「ちょっと聞いていいかい」

政史は声をかけた。

「はい……」

「君は、このメーターが0になるまで何度でも僕の前に現れると言ったよね」

「はい、そうです」

「なるほど、君は、『お代はいただいている』とも言ったね。もちろん払ったのは僕じゃない。おそらくお代はお金じゃないね。何かわからないけど、きっと運を貯めるような行為を誰かがしたんだよ。そうおそらく僕の親父とかがね。これと同じだ」

政史は財布から自分の店のポイントカードを出して、運転手に見せた。

「貯めるばかりで使わなかった人がいるから、そこまで貯まってる。僕は貯めてない。ただ使ってるだけだ。違うかね」

運転手は先ほどと同じように微笑むだけだった。

「そのメーターに表示されてる、あと71,450円分。僕が誰かに譲ることはできるのかな」

「お使いにならないということですか?」

「ああ。なんだか、貯めてもらった運を使ってばかりの人生じゃかっこ悪いだろう。今日を境に次の世代のために運を貯めるように生きていきたいと思ってね」

「……わかりました。じゃあ、残ったポイント分は、いつか次の世代の誰かのために使いたいと思います」

「そうしてくれるか。ありがとう」

そう言うと、政史は手を伸ばした。握手を求めている。運転手はその手を握った。

名残惜しそうに政史がその手を離すと、運転手は後部座席の扉を開いた。

そこから降りようとした瞬間に、政史は思い出したかのように振り返った。

「もうひとつだけ教えてくれないか。どうやったら運は貯まるんだ?」

それが政史の降り際の質問だった。

実際あるけど、絶対ない

運転手の語った内容はあまりにも衝撃的で、修一は言葉を失っていた。

父方の祖父は修一に優しかった。いつも自分の味方になってくれたし、何をしていても優しい笑顔で見守っていてくれた。その祖父が亡くなったのは、修一が中学一年のときだ。名前は一憲といった。自分が知っている祖父は血がつながっていないとはいえ、修一の中では間違いなく自分の祖父だった。

「本当のじいちゃんは別にいて、お父さんが一歳のときに戦争で亡くなった」という話はばあちゃんから聞いたことがあったし、一度だけ写真を見せてもらったことがあったが、

「ふうん。でも俺のじいちゃんは、このじいちゃんだから」

と、その人の存在については、深く考えもしなかった。自分に優しくしてくれるじいちゃんに悪いという思いから、本当の祖父がいたという事実を自分の中で認めようとしていなかったのかもしれない。血のつながった本当の祖父の名前が「良蔵」であることも、

今、初めて知った。

ところが、その良蔵が急に自分の頭の中に輪郭と人格を持って浮かび上がってきた。浮かんでくるのは、その人生において欲しいものなど何ひとつ手にしないまま、ただただ子どもたちの未来の幸せを信じて命を投げ出していった男の、サイパンの夕日に照らされた笑顔だった。

そうなると一転、これまで四十五年間、一度も良蔵さんに思いを馳せることなく今日まで生きてきてしまったことに対する罪悪感というか、胸の苦しさのようなものを覚えた。

「良蔵さんの人生は過酷そのものでした。生まれたときから死ぬまでずっとです。そういう時代だったと言えばそれまでですが、今の時代の人たちには想像もつかない時代の荒波に日本全体がのみ込まれていました。そんななかで、良蔵さんはいつも上機嫌でした。さすがに戦地に行って生きるか死ぬかのギリギリの毎日を送るなか、数万という兵士が次々死んでいく様子を見ているうちに、上機嫌でなんていられなくなりましたけどね。それでも最後の瞬間を迎えるとわかっている前の日の夜に笑っていました。

そうして、今の人の価値観からすると〈運の良さ〉とは無縁の二十六年の短い人生を終えたんです。でも、彼らが貯めた運があるから次の世代が、日本を大きく成長させることができたんです」

修一はうなるように腕組みをしながら運転手の話を聞いていた。祖父というとかなりの年上という印象しかないが、亡くなったのが二十六歳のときだとすると、今の自分なんかよりもはるかに若い。それは不思議な感覚だった。

「僕が、実際はあるけど絶対にない、と言った言葉の意味がわかりましたか？　あなたのおじいさんの良蔵さんのように、誰かのために命を使う生き方を懸命にして、上機嫌に生きていたけれども、自らの運を良くするような転機が訪れないままその命を終えた人はいます。だから『実際ある』と言いました。でも、『絶対にない』と言ったのは、そうやって貯めた運があったから次の世代はたくさんの幸運を手にできたんです。あなたも同じです。その人たちが貯めた運の恩恵を受けてこれまで育ってきたんですよ」

運転手はそこまで一気に話すと、一度話を切って修一の表情をのぞき見た。

しばらくの沈黙のあと、修一が口を開いた。

「つまり、お前が俺のところに現れたのは、親父が俺のためにタクシーのメーターを残しておいてくれたから……ということか」

「そうです」

運転手はうなずいた。

「それも俺のじいさんが、命を使って貯めてくれた運が親父に渡って、それが俺に来たっていうことか……。そんなこと、信じろって言うのか？」

運転手は首を横に振った。

「努力の結果がどういうところに表れるのか、ということを、まだよくわかっていないようですね。いいですか。想像してみてくださいよ。あなたの娘さん、夢果さんも来年、受験生です。今は学校に行かずに家でスマホだけが友だちみたいな生活をしていますが、何かをきっかけに学校にも行き始め、人が変わったように勉強をし始めたとします」

「どんなきっかけで？」

「わかりません。喩え話です。その変わりようは親であるあなたも驚くほどで、家にいる時間はいつも勉強している状態だと思ってください。そんな姿をあなたが目にしたらどうでしょうか。おそらく感動するでしょ。それだけじゃなくて、自分も頑張らなきゃって思いますよね」

「まあ……そうだな」

「あなたはいつものように仕事をするんですが、なかなか契約が取れない。今日はこれくらいで帰ろうと思ったときに、必死で勉強する娘の姿が浮かぶんです。そこでいつもより、『もう少しだけ頑張ってみよう』って思い始める。そうやって飛び込んだ先で契約が取れることがある。そうすると、それは夢果さんの努力がきっかけで、起こったあなたの幸せと言えるでしょう。

そうやってあなたの人生が少し変わる。あなただけじゃない。夢果さんの友達の中にも、『夢果が変わった』と知ったら、『私もそろそろ本気にならないと』と考える人が出てきます。その姿を見てその子の親もあなたと同じように感動して、自分も頑張ろうと思える。誰かの努力、ひたむきな姿勢は、他の人に幸せをもたらす力があるということです」

確かにそうかもしれない。もし娘の夢果が何かにひたむきに努力している姿を目にしたら、それだけで今の自分の中には、エネルギーがどこからか湧き上がってくるような気がする。

「ところがです、当の夢果さんが『努力なんて意味がない』『努力しても報われるとは限らない』って思っているとしたらどうでしょうか」

「そんな……」

「あり得ますよ。この二年間あまりにも勉強をしないまま過ごしすぎていますからね。何かがきっかけで狂ったように勉強を始めたのはいいけれども、やってもやっても結果に結びつかないんですよ。そのうち疑い始めます、『努力しても意味がないんじゃないか』って。そして物知り顔で言うようになります。『努力は報われるとは限らない』。どうしますか？　そう思っていたら」

「そりゃぁ、教えてやるよ。そんなことないって。夢果が努力している姿を見て、俺が勇気をもらったことも、それによってどんなことが起こったかも、それに、それは努力が報われていないんじゃなくて、結果が出るまでもう少しだからあきらめずにそこまで突き抜けろって。だって二年の遅れを取り戻さなければならないのは並大抵の努力では無理だから……」

運転手はニヤニヤしている。

「なんだよ！」

「わかってるじゃないですか」

「何がだよ」

「努力は必ず報われるってことをですよ。今の話、『夢果さん』があなたで、あなたが『政史さん』だったのを知っていますか?」

「どういうことだよ」

「そのままですよ。あなたが受験生の頃、あなたが頑張る姿を見て、あなたのお父さんは何度も頑張ろうと思えました。それのおかげでたくさんの幸せが起こりました。でも、あなたは『努力は報われない』と思っていました。まあ、当然と言えば当然ですよね。大学も第一志望の大学どころか滑り止めにしか合格できなかったですし、その関係で当時の彼女とも別れちゃいましたから……あなたが『努力が必ず報われるとは限らない』って思っていても仕方がありません。でも、あなたのお父さんも、もしあなたがそう思っているって知っていたら、今あなたが教えてやるって言ったことを、あなたに伝えたんでしょうね」

「そんな……」

「まさか、あなたがそんなことを思っているとは知らなかったんですよ。知っていたら教えてくれたはずです。お前の努力のおかげで俺は頑張れているって。でも、お父さんを責めないでくださいよ。あなただって夢果さんがそう思っているかもしれないなんて考えたことないでしょ」

「それは……」

修一は言葉を失った。

「実際、世の中は誰かが頑張る姿からもらったエネルギーの集合体なんですよ。結果からもらったエネルギーの集合体じゃない。みんなそうやって、たとえば娘の頑張る姿を見て『俺も頑張らないと』って思って大変なことも乗り越えるエネルギーをもらってる。そんな大人が集まって仕事をしている、そのエネルギーがあるから、社会を動かしているんです。娘の出した結果を見てエネルギーをもらってるわけじゃないでしょ」

「まあ、確かに」

「世の中の人はみんな、そうやって誰かの努力する姿にエネルギーをもらって自分を動かしているくせに、こと自分が努力をするということになると、運にしても成果にしても、〈今の自分〉という、ものすごく狭い世界の、短い期間でしか判断しないので、〈運が悪い〉〈努力は報われない〉と簡単に結論づけてしまいます。でも、実際に今の自分がやった努力の成果が自分に対して表れるのは、普通の人が考えているよりもっとずっとあとになってからです。それこそ十年とか、場合によっては百年とか……」

「百年も……」

「そうですよ。しかも、その成果は自分に表れるとは限らない。むしろ、自分の周りの大切な人とか、次の世代とか……そういうところに表れてくることだってある。それなのに努力をしたり頑張ったら、今すぐ自分にいいことが起こらなければ〈運が悪い〉〈努力は報われない〉……って大騒ぎです。〈今すぐ、自分だけ〉って考えすぎなんですよ。自分の人生が延々と続く命の物語のほんの一部であるってことを知らないんです」

「延々と続く命の物語……」

修一は運転手の言葉を繰り返した。

「人間の一生が、自分だけの物語の完結だと思って生きるのであれば、生まれたときに与

えられた条件を使って、できるだけ自分の欲望を満たした方がいい人生だということにな
ってしまうかもしれませんが、実際には人間の一生は、延々と続く命の物語のほんの一部
でしかありません。あなたの命も、良蔵さん、政史さんと受け継がれてきたものですし、
夢果さんへと受け継がれていきます。

でも、受け継いでいくのは命だけではありません。あなたは、自分じゃない誰かが作っ
た社会に生まれてきて育ちました。それを作ったのは良蔵さんたちであり、政史さんたち
です。

いい時代に生まれたなぁ、と思えるとしたら、それはそういう時代に生まれて運が良か
ったと思うかもしれませんが、どっかからふっと湧いて出た、ラッキーで平和で裕福な時
代に生まれ育ったわけではありませんよ。たくさんの血と汗と涙、そして努力、極論、命
が費やされて作られてきたものです。〈あった〉ものではなく、命と引き換えに〈作られ
た〉ものなのです。

それぞれの時代に生きた人が、延々と続く命の物語の一部を精一杯、自分の役割を果た
すように生きてくれたから、次の世代は、前の世代よりも〈いい時代〉に生まれ育つこと
ができるようになる。そして今あなたが、その命の物語というバトンを受け取って生きて
いるんですよ」

修一は、それまでの自分の人生のあり方というものを振り返っていた。

運転手の言葉一つひとつが自分の心に突き刺さってくる。

修一は子どもの頃からずっと、

「お前たちはいい時代に生まれたぞ」

と言われて育ってきた。親からも言われたし、先生からも言われた。周りの大人たちはみんなそう言ってくれたのだ。無理もない、それを言う大人たちは、戦争というものを体験していたのだから。子どもの頃、もしくは父として母として戦争を経験していた世代にとっては、昭和五十年代以降のこの国の繁栄は夢のような生活だったに違いない。

しかし、当の修一自身にとっては、〈あった〉ものでしかなかった。

平和な時代・飽食の時代と言われ、「自分のやりたいことを何でも実現できるんだ」と叱咤激励され、誰もが大学に行くのが当たり前になった最初の時代の子どもたちだった。そのために十倍以上の倍率の大学受験を経験しなければならず〈受験戦争〉という言葉に怨みすら覚えた学生時代。

「なんで、こんなに勉強しなきゃいけないんだ」

と時代を呪ったこともしばしばだ。

ところが、運転手の口から聞かされた良蔵のサイパン島での体験を聞いたあとでは、自分の経験した受験の苦しみを〈戦争〉などと表現してはいけないという強烈な思いが湧いてきて、それだけで顔が赤くなった。

時代が平成に変わり、「お前たちの時代はいい時代だ」という言葉が子どもたちに対して言われなくなった。大人になった修一は少なくとも自分の人生において一度も好景気というものを感じることはなかった。日々、将来の幸せのために努力をするのだが、未来の安心や安定を手にすることなどはできないまま今の年齢になっている。自分も含めて、今の自分の周りにいる子育て世代となった同世代の者たちは、「今の子どもたちはかわいそうだ……」と言うようになった。

ほんの四十年ほどでこれほどまでに変わってしまった。

でも、運転手の言葉にはっとさせられた。

たとえば今日この瞬間にも、産声を上げる新しい命がある。その子どもは何も知らずに今のこの社会に生まれてくる。その社会は誰が作ったのか。

「そうだ。自分たちだ」

修一はそう確信した。

それまで、今の社会を作ったのは自分だなんて思ったことは一度もなかった。政治家なのか、何か大きな権力を持って社会を牛耳っている奴がいてそいつなのか、それとも海外の圧力なのかわからないが、そういう奴らのせいで、今の社会になっていると思って疑っていなかった。だからこそ今の社会の悪口を平気で言えたのだ。

ところが、自分が作った社会となると、悪口が言えない……どころか、今この瞬間に生まれてきた赤ん坊に対して何か申し訳ないような気がしてくる。

どうしてそんな気持ちになったのか。自分でもわからない。あえて言えば、自分が生まれる前のことを知らなかったから、それまでそんな気持ちにならなかったのかもしれない。

生まれたときから、人生の目標は決まっていた。できるだけ多くのものを手に入れて、できるだけ幸せになることだ。そういう人生を幸せと言うのだと教えられ、疑いなく生きてきた。ところが、自分が多くを手に入れるということは、延々と続く命の物語の中にあるほんの一部分である自分たちの世代だけで、それまでのすべての世代が貯めてきた運を使い切って成し遂げられる幸せだとしたら、両手を挙げて喜んでいいのだろうか。自分はその幸せを望むべきだろうか……。

修一は気持ちの整理をつけると、大きくひとつ息をついて、

「俺は今まで、何か間違っていたのかもしれない」

と、小さく言った。

「この時代に生まれ育って、他の人より多くを手に入れる人が成功者で、何も手に入れられない人を失敗者だと思ってきた。だから成功者になるぞっていうのが、小さい頃からの人生の目標だったけど……それは取りも直さず、『誰よりも多くを手に入れられる人にならなきゃ』ということだったよ。それが当たり前だと思って、疑ったことなんて一度もなかった。でも、そんな幸せ、求めてはいけないのかもしれない。

延々と続く命の物語のほんの一部分を生きているのが俺たちだって考えると、みんながみんな、これまで先人たちに貯めてもらった運も、自分が貯めた運も、全部を使い切らなきゃ損だ、それは、自分に許された当然の権利だと考えて、そういう生き方を目指したら、これまで先人たちが貯めてきてくれた運もみんな、使い果たしてしまって何も残らない。そうなると、次の世代は『こんな時代に生まれてかわいそうだ』と言われてしまう。そういうことだな」

修一は確認するように運転手に言った。

「そうでしょうか……」

同意してくれると思っていた運転手が、意外な反応をした。

「そうじゃないのか?」

「そこはほら、なんて言いましたっけ、この前……って言っても十五年ほど前ですけど、別のお客さんに教えてもらったんですよ。新しい言葉を……そうそう〈プラス思考!〉プラス思考でいいんじゃないですか?」

「プラス思考?」

修一の声が裏返った。

「それは無理な話だ」

修一は自嘲気味に笑いながら言った。

「どうしてですか?」

「そういうの、苦手なんだよ」

プラス思考がいいのはわかっている。いや、わかっているつもりだ。わかっているつもりではあるが、どうしてもマイナスに考えてしまう自分がいる。

そこをプラス思考で……と考えてみようとはするのだが、とてもじゃないがそんな気にはなれない。根がネガティブなのだろう。これから起こることに対して考える場合、いいことが続けて起こるという予想よりも、どんどん悪くなっていく予想をしている時間の方が多い。

そもそもそんなに簡単に上手くいくはずがないだろう、ああなったらどうしよう、こうなったらどうしよう……と、いったん考え始めるや、思考はとめどなくマイナスの方向に落ち込んで、最後には行動する気力すらなくなっていく。

それでも営業という仕事柄、飛び込んでいかなければならないことは多いのだが、結果は、「ほら、やっぱりダメだった」となることがほとんどで、「どうせ上手くいかないだろう」という事前の予想はよく当たる。

もちろん、プラス思考信者から言わせると、プラス思考でいないからその結果になるんだということなんだろうが、「これは上手くいくかも」と事前に周到に思い込んで、飛び込んだ営業でも「ダメだった」で終わる経験を積み重ねていくと、そんな気持ちになんてなかなかなれない。

「これまで四十年以上も、自分の思い通りにいかない人生を送ってきたんだよ。それをプラス思考が大事だって言われたぐらいで、『ああそうですか』って変わって、プラスのことばかり思っていたら、その通りになるなんて信じられるか？　もし本当にそうだとしても、俺には向いてない。どうしても心の奥底からそういうふうには考えられないんだよ」

「当たり前じゃないですか。そんなのプラス思考でもなんでもありませんよ」

「え？」

修一は驚きの声を上げた。

「考えてみてくださいよ。自分の人生にとって何がプラスで何がマイナスかなんて、それが起こっているときには誰にもわかりませんよ。どんなことが起こっても、起こったことを自分の人生において必要な経験に変えていくというのが〈生きる〉ってことです。だから、どんな出来事だってプラスにできますし、逆にどんな出来事もマイナスに変えてしまうことだってできる。

自分に都合のいいことをイメージしていれば、それが起こるなんて、プラス思考じゃないですよ。本当のプラス思考というのは、自分の人生でどんなことが起こっても、それが自分の人生においてどうしても必要だから起こった大切な経験だと思えるってことでしょう」

「これから起こることに対してではなく、起こったことに対してプラスに考える……ということか」

修一の脳裏には、数日前の大量解約の件が浮かんできた。

「あの出来事も、自分の人生において必要だからこそ起こった大切な経験だととらえられるか」

そう自問してみる。修一は首を横に振った。とてもじゃないが、今の自分はあの出来事をプラスにとらえることなどできそうにない。当たり前だろう。こんな苦しみを経験していて、あれがあってよかったなんて思えるはずもない。

「やっぱり向いてないのかもな。そうは思えないな」

運転手は微笑んだ。

「もちろん、大きな失敗や予想外の不幸、いきなりやってくる大災害、僕たちの人生には、それが起こった瞬間に、『これも将来の自分にとってプラスなんだ』と納得することなんてできないことがたくさん起こります。だから、すぐにはそうは思えないのは当然ですよ。でも、いつかはそう思える日がやってきます。でも、僕がさっき言おうとしたのは、〈プラス思考〉を別の解釈をしたらどうですかってことなんです」

「プラス思考の別の解釈?」

「ええ。僕たちの人生は延々と続く物語の一部分だという話をしましたよね」

「ああ」

「その物語の中にあなたが登場したとき、つまりあなたが生まれたとき、すでにそれまで続いてきた物語によって作られてきた恩恵がたくさんあった。そうでしょ」

「ああ」

「そこにあなたが生まれ、そしてほんの百年ばかり生きて死んでいく。そのときです。あなたがその物語に登場したときよりも、少しでもたくさんの恩恵を残してこの物語を去る。つまり、あなたが生きたことで、少しプラスになる。それこそが、真のプラス思考だって言えるんじゃないかと思うんです」

「使う運より、貯める運を多くするということか」

「そうです。それってプラスですよね。それこそが延々と続く物語の一部分である、今を生きている人の〈役割〉だと思うんです」

「俺の役割」

「岡田さん、さっき『そんな幸せ、求めてはいけなかったんだ』っておっしゃいました。でも、そんな禁欲的になる必要もないと思いますよ。いいと思うんです、多くを求める人生であっても。要は貯める運の方が多い生き方をすれば。人生トータルで使った運よりも貯める運の方が多い生き方をすれば、立派に今の自分の役割を果たして生きているって言えますし、トータルでプラスになってるじゃないですか」

「確かに……」

「誰よりも運を貯める生き方をする。貯めた運の半分くらい使って生きる。それでも誰より得るものが多い。そんな生き方ですよ、本当のプラス思考って。僕はそう思いますね」

修一の脳裏に、事務所の壁に社長の脇屋が掲げている言葉が輝くように迫ってきた。

「プラス思考で、誰よりも笑う生き方！」

「そうそう。そういうことですよ。あの人誰よりも運がいいなぁって誰からも思われる。だけど、本人にしてみたら、使った運は、自分が貯めた運のほんの一部分でしかない。そういう生き方ってかっこいいじゃないですか」

修一は目の前がパッと明るく晴れたような気がした。全身に鳥肌が立った。

自分がこれまで考えていたプラス思考とは、まったく違う価値観ではある。しかし、自分が使ってきた運よりも次の時代のために貯めていく運の方を多くするような生き方をすることこそが真のプラス思考だというのであれば、その考え方はすんなり受け入れられる。自分はそうありたいと思っているのだ。そういう生き方がしたいと。

今の常識とは違う価値観だ。損得で言えば人生を通じて『損』をしろと言われているようなものだから。自分のしたことよりも得ることをできる限り小さくして、それでもなおかつ、得るものが多い、そんな人生にしようと言われているのだ。

でも、その言葉は修一を惹きつけて止まない。自分はそう生きたいと自分の心奥の部分が欲しているのがわかる。理屈ではなく感情が、いや、魂がと言った方がいいのかもしれないが、「そう生きろ」と自分に命じている。全身に立った鳥肌がその証だろう。

「俺は、実は〈プラス思考〉という言葉があまり好きではなかったんだ。だけど、それはその言葉の本当の意味をちゃんと理解できていなかったからでしかなかったのかもしれない」

修一はしみじみ言った。

「本当の意味かどうかはわかりません。言葉の意味は一人ひとり定義が違いますから」

「なるほど、そういうことかもしれないな」

修一は、いつも以上に長い時間タクシーに乗っていることに気がついてメーターを見た。「39,330」になっている。車窓から外の風景を見ると、見覚えのある風景がそこに広がっていた。

最後の目的地がどこなのか、修一にもわかってきた。

「そう、これが最後だ」

運転手の話を聞きながらそう決めた。政史の話をしたときからそうなるであろうことは運転手も想像していたようで、修一との最後の時間を噛みしめるように無言で運転を始めた。

最後のレッスン

「なあ」

修一は窓の外を見ながら運転手に声をかけた。

「そろそろ目的地に着くだろう」

運転手はにこりと笑った。

「さすがにわかりますよね」

「ああ。そこでお前に頼みがあるんだが」

「なんとなくわかりますが、一応聞いておきます」

そのもの言いに対して、いちいち腹が立つ奴だと思いながらも思わず笑みがこぼれる。

「だろうな。まあそれだよ。もう俺のところには来ないでいい。その代わり残りのメーターを」

「娘のために」と言いかけて、修一は言葉をのんだ。それも虫がいい話だ。誰を乗せるかは運転手が決めることなのだろう。

「次の世代のために使ってくれないか」

運転手はひとつうなずいた。

「わかりました。それでは、岡田さんとはもうすぐお別れですね」

そう言うと運転手はメーターを止めた。38,640になっている。

「おいおい、いいのか？　メーターを止めて」

「ええ。まあこれくらいはサービスしますよ」

「そうか。ありがとうよ。それより最後にひとつ聞かせてくれ。俺は実はまったくもって自信がないんだよ」

修一は先ほどまでの雰囲気とはうって変わって、優しい口調で話し始めた。年下の運転手に話しているというよりも、小さい子どもになった修一が良蔵や政史に答えを求めているような口調だった。

「何かの競争で勝ったこともない。誰かと比べて秀でた才能があるわけでもない。自分なりに頑張っているつもりでも結果が良くって褒められるようなことは、ガキの頃から一度もなかった。だからといって、誰よりも努力ができる人間かというとその根性もない。

この歳になって恥ずかしい話だが、今の自分の仕事だって向いてないと思っている。業績はなかなか上がらないし、せっかく手にした契約も一気に白紙になる……そんな毎日を送っているとこの仕事も続けられるはずもない。でも、だからといってじゃあ何に向いているか……って考えたときに何も浮かんでこない。中学生の父親で偉そうに勉強しろって言ったりするけど、子育てだって自信がない。

　学校に行かなくなってしまった娘を見てると、今まで自分がやってきたことはすべて間違っていたんじゃないかって思ってしまう。今、仕事で追い詰められて、何とかしなきゃと思いながらギリギリのところで耐えてはいるけれども、本当はもう何もかも自信をなくして壊れそうなんだ……。こんな俺でも、それでも延々と続く物語の一部として何かの役割があるって思うか」

　正直な気持ちの吐露だった。他の誰にもそんなことは言えなかっただろう。この運転手だから言えたことのような気がした。しかも、もう二度と会わないと自分で決めた瞬間に、どうしてもそれを聞いてみたかった。運転手はとびきりの笑顔をつくって即座に答えた。

「あります。あなたにしかできない大きな役割が。それを今までも果たしてきたし、これからも果たしていくんです」

「そうか。お前がそう言うんならそうなんだろうな。でも、こんな自分に自信が持てないんだ。どうすればいい？」

「まず誰かと比べるのをやめるといいですよ。他の人の人生と比較するのをやめて、自分の人生に集中して。他の人はその人の人生を生きて、その人の役割を果たしています。だから多くを持っているように見えても、上手くいっているように見えても関係ないじゃないですか。それよりあなたの人生をしっかり見つめてみてください。そうすれば、自分がどれだけ恵まれているかわかります。まずは、自分が恵まれているということに心から気づけること。そこから始まります。そこに心から気づければ、自分ほど恵まれている人はいないんじゃないかって思えるようになっていきます」

「恵まれていると気づく……か。まあ、これまでのお前の話から、そうなんだろうということは頭ではわかっているつもりだが、心からっていうのは難しいことだな」

「まあ、仕事上で大きな失敗をしたあとですからね。無理もありません」

「お前、結構、傷跡をえぐるね」

「へへへ」

運転手はイタズラっぽく笑った。

「岡田さん、今朝、朝ご飯は何を食べました?」

「は? なんだ、いきなり。何か関係あるのか?」

「いいから教えてくださいよ。何を食べたんですか?」

「朝は……普通にご飯と味噌汁。それに納豆だったかな。そうだあとは卵とソーセージ」

「その朝食を準備するために、いやそれどころか、今朝岡田さんが食べた一膳のご飯を用意するためには宇宙のすべてが必要だと言ったら納得できますか?」

「宇宙のすべて?」

「そうです。壮大に聞こえるかもしれませんが事実です。たとえば米ってどうやってできるか知ってますか」

「田んぼに稲を植えて育てるんだろ」

「そうですよね。そうなると、田んぼという土地やそれを育てる人がいなければ米はできません。人がいても機械がなければ、これほどまでに多くの世の中の人に毎日潤沢に行き渡る世の中にはなっていませんね。だからトラクターが必要。ところがそれは誰かが技術開発をして、金型を作って製作をしてと、それに関わる人がいなければ作られません。それに、トラクターを作っている材料は鉄や銅、アルミといった金属からガラスを作るための石英に至るまで、すべて中国、オーストラリア、アフリカといった国外から輸入されたものです。ということはそれらを採掘している人たちがいて、それらを運んで日本まで持ってくる人がいるということです。

そしたら、船が必要です。造船業の人たちもそこに関わってくる。運送会社もそうですね。トラクターや船、採掘用の重機、すべて軽油で動いています。それらの軽油は、中東の国々やアメリカで採掘されたもの。それに関わる人たちも必要。そもそも軽油やガソリンは化石燃料ですから、かつての生物です。ということは地球上に生物が誕生して数十億年にわたり連綿とつながってきた生命の営みがなければいけません。

他にも目の前の一膳のご飯に関わった人やものをあげようと思えばきりがありませんが、時間がないのでこれくらいにしておきましょう。とにかく、一つひとつつながりを考えていくと、茶碗一膳のご飯が世界中に広がっていきます。

でも、それらを揃えたところで、米はできません。太陽が必要です。ほら宇宙に出た。でも太陽だけでも稲は枯れてしまいます。水が必要ですね。では、水を十分にやって太陽の光を存分にあてれば稲はできるか。実はそれでも足りない。二酸化炭素が必要です。

二酸化炭素は動物が呼吸することによって作り出されていますから、我々の呼吸ですから、なければ稲はできないということになります。そんな水や二酸化炭素から、太陽のエネルギーをつかって米を作っているんですから、基本的に米の材料は、炭素、水素、そして酸素ということになります。米は食料として人間が食べて、生きるエネルギーに変えられる。ということは、この材料は人間を作っている、そして動かしている部品でもあるということですよね。その部品はどこから来たのかご存じですか」

「それは……」

修一に答えられるはずもなかった。話が壮大すぎて、途中から運転手の話を自分なりに理解しながらついていくので精一杯なのだ。授業中、予期せぬタイミングで急にあてられた生徒のように修一はアタフタした。

「……地球にあったもの……だろ」

「その地球にあるものだって、最初からあったわけではないでしょ。どこからか来たんです。それは、太陽のような自ら光る星、つまり恒星が自らの命の最後に超新星爆発を起こし、宇宙全体に散らばったものが集まってできました。つまり僕たちはすべて星からできているということです」

運転手は、ちょっと早口で話しすぎたことを自ら落ち着かせるようにひと息ついた。

「たった一膳のご飯でさえ宇宙のすべてが必要で、今の時代、地球上のすべての人間の営みが必要なんです。そのことがわかれば、今日、それをいただけるというのは恵まれていることだと思えませんか？　そんな食事を毎日当たり前のように食べてるんですよ。その人生を恵まれていると思えない人は、どんな人生なら恵まれていると思えるんでしょう。おそらく何が手に入ってもそう思うのは無理です」

車は最後の角を曲がった。あと二百メートルほどで修一の実家の玄関口に着く。

「さあ、あとは自分で考えてみてください。きっと自分ほど恵まれている人はいないんじゃないかって思えるようになります。そうしたら、きっと自分に自信が持てるし、自分には役割があると心から信じることができると思います」

タクシーが止まって後部座席の扉が開いた。修一は何も言わず、車を止めて後ろを振り返った運転手の顔を見つめた。何か言おうとしたが、適当な言葉が見当たらない。どれくらいそうしていただろう。結局修一は自分を納得させるように何度か小さくうなずいてから、笑顔をつくった。

「運転手さん……『お前』なんて失礼な言い方ばかりして申し訳なかった」

運転手は首を横に振った。

「いいんですよ」

修一は手を差し伸べた。

「ありがとう。あんたは〈運転手〉というよりも、俺の人生を転じた〈運転者〉だよ」

「運転者……ですか。なかなかいい響きですね。これからそう名乗ろうかな」

運転手は修一の手を握り、笑顔を返した。

「そうだ！」

運転手は突然思い出したように、助手席を何やらまさぐって、小さな紙袋の包みを取り出した。

「これ、差し上げます」

「何だ？　これは」

「大したものじゃありません」

修一は、受け取ると、その場で袋を開けた。中から出てきたのは、五センチくらいのブラックバスのフィギュアで、口を大きく開けて身体はU字に折れ曲がっている。口には釣り針がついていて、その先の紐を釣り糸に見立てているのだろう。今まさに釣り上げられたばかりのブラックバスといった感じだ。

「携帯ストラップです。ご乗車の記念です。使ってください」

修一は、思わず吹き出した。

「普通こういうのは、ちっちゃいタクシーとかそういうのにするだろ。なんだよ、ブラックバスって。そもそも俺は釣りはしないし」

運転手はニコニコしている。

「まあ、そう言わずに」

修一は笑顔を返した。

「わかったよ。もらっておくよ。『何ごとにも興味』だもんな」

そう言うと車から勢い良く降りた。

振り返ると、運転手は別れの名残惜しさなど感じていないかのように、すぐに後部座席の扉を閉めた。車が走り出す際、運転手が左手を上げて、修一に挨拶をしたように見えた。表情は見えないから確認のしようはないが、その手の上げ方が父親の政史にそっくりだった。

「親父……？」

そう思ったときには車はもう走り始めていて、運転席にいる人の表情を確認することなどできなくなっていた。

走り去る車を見送ると、やはり先ほどまでタクシーに乗っていたのは夢かなんかで、実際にはなかった出来事のように思えてくる。本当に起こった出来事であることを確認するかのように、手元に残ったブラックバスのフィギュアを見つめてから握りしめた。

やがてそれをポケットにしまうと、修一は玄関に歩み寄り、インターホンを鳴らした。

「はーい」

聞き慣れた民子の声がした。

急にやってきた修一を見て驚くだろう。修一も来る予定ではなかったから、どうして今日実家に帰ってきたことにするか、そのときになって初めて頭をフル回転させて考えていた。

第二の人生

民子は修一の姿を認めると、驚きながら第一声で当然のことを言った。

「来るなら来るって連絡くれればいいのに」

急に来られると困ると言いたげではあるが、表情は嬉しそうだ。それはそうだろう。一人暮らしを始めてまだ半年しか経っていない。まだ慣れてもいないし寂しくなる頃だ。

「ああ、ゴメン」

「ご飯食べたの？」

「いや、まだ食べてない」

すぐに息子の腹具合を心配するのが母親らしい。修一は家に帰ってきたという実感が湧いた。

「来るって思ってなかったから何も作ってないよ。これから作るけど待てる？」

「ああ。特に急いでないから」

「どうしたの急に」

廊下の前を歩く民子の後ろ姿は、修一が記憶していた姿よりも一回り小さい気がした。

「いや、仕事の関係で近くまで来たもんだから。そのまま帰ろうかとも思ったけど、ほら、電話でちょっと話があるって言ってたから」

「ああ、あれね」

そう言うと、民子は台所に入っていき、早速、冷蔵庫を開けた。その話は、あとからするということだろう。

修一はキッチン横のテーブルではなく、隣の居間のソファに座った。修一が実家で暮らしているときからあるそのソファは、弾力がほとんどなく、座った分だけ沈んだ。そこから見える景色は二十数年前とほとんど変わっていない。

キッチンの方を見ると、民子がフライパンを火にかけようとしている。民子といえば家事を手際良くこなすイメージしかなかったが、目の前の母は手際が悪く、一つひとつの動きがゆっくりで、スローモーション動画を見ているようだった。母親の歳を感じた。

「やろうか？」

修一は声をかけた。

「大丈夫よ。毎日やってることだから、修一は休んでて」

民子は弾んだ声で言った。

手持ち無沙汰になった修一は、テレビでもつけようかと思ったが、そんな気分でもない。部屋の中をぐるりと眺めて母親の日常を感じとろうとしているときに、ふと思い出して、ソファから立ち上がった。

「そうだ、母さん。今から二十五年くらい前なんだけど、俺が大学生くらいのとき、父さんが突然、山に登ってくるって言った日なかった？」

民子は驚いた顔をして手を止めて、修一の顔を見た。

「あったわよ。でも、どうしてそんなこと、あなたが知ってるの？」

「ん？　まあいいから。それより、その日、父さん、突然何か変なもの買って帰らなかった？」

民子は包丁を扱う手元を見つめながら微笑んだ。

「買ってきたわよ」

「何？」

「寝室のお父さんのタンスの上に置いてあるわ」

修一は、両親の寝室に向かった。六畳の部屋には、タンスが二つと母親が寝ている新しいベッドが置いてあるだけだが、三つの大きな家具でかなりの圧迫感だ。以前は、父と母の二人とも布団を敷いて寝ていたのだが、毎日の布団の上げ下ろしもしんどいということで、母親がひとり暮らしになってからベッドにしたらしい。

修一は観音開きの扉がついたタンスの上を見た。紫色の風呂敷に包まれた大きなものが、タンスからはみ出す形で置いてある。修一は背伸びをして、それをゆっくりとタンスの上から降ろした。両手を広げて持つほどの板状のものの上に何かの道具がいくつか乗っている。修一はそのまま両手で抱えて、キッチンのテーブルの上に運んだ。

「たまたま、昨日掃除したのよ。放っておいたからカビが生えるといけないから」

民子がそう言った。言われてみれば、風呂敷にほこりが一切ついていない。修一はゆっくりと風呂敷の結び目を解いた。

「なるほど……」

修一は心の中でつぶやいた。

出てきたのは、蕎麦打ちの道具だった。しかもどの道具も相当年季が入っている。

「お父さんね、ある日突然よ。もう二十年ぶりぐらいに『山に行ってくる』って言って家を出ていったと思ったら、すぐ帰ってきたの、それと同じようなものを抱えてててね」

なるほど年季の入った道具の数々も、買い換えながら揃えていった何代目かということだろう。

「父さんと蕎麦打ちって何かイメージが重ならないな」

「そう？　結構、様になってたわよ。その日から、毎日のように蕎麦打ちの練習をしていたの。私の中では、お父さんと言えば蕎麦ってなってるのよ」

「へえ、ゴルフのあとの新しい趣味になったんだ」

「どうして急に蕎麦を打ちたいと思ったのかはわからないけど。それは熱心だったのよ」

民子がわからないということは、政史は良蔵の話をしなかったようだ。あの運転手から、自分の本当の祖父、良蔵の話を聞かされていた修一は、政史の蕎麦を打ちたいという思いが痛いほどわかった。良蔵が食べたくてたまらなかった「美味い蕎麦」を自分で作ってやりたかったのだろう。もちろんそれを食べてもらうことはかなわぬ夢だが、作れるようになって報告したい、そう思ったに違いない。

「店の売り上げも下がってきて、それまでやってたゴルフとかにも行かなくなってしばらく経ってたから、新しい趣味を見つけてきたのねって思ってたの。でも、そうじゃなかったわ」

「どういうこと？」

「趣味じゃなくて、本当に蕎麦職人になろうとしてたのよ」

「職人に？」

「そうよ。お父さんね、このままこの商店街の真ん中で、ファンシーショップを続けていっても立て直すことができないって気づいてね。蕎麦屋をやるって決めてたみたいなの」

「蕎麦屋を？」

「蕎麦屋って言っても普通の蕎麦屋じゃなくて、本当に美味い蕎麦屋をね。いつもお父さんが打った蕎麦を食べるのは私の役割でしょ。そのときに『どうだ？　日本一美味いか？』って聞くの。私がね、『日本一かどうかはわからないけど、美味しいわよ』って言うとね、『日本一じゃなきゃダメなんだよ。あのな、本当に美味い蕎麦屋は、山の中にあろうが、人里離れてようが、全国から客が来るんだよ』って」

「日本一の……蕎麦屋」

民子は嬉しそうに笑った。

「でもね、お世辞じゃなくお父さんの打つ蕎麦は美味しかったのよ。最初は柔らかすぎたり、固すぎたり、コシがなくてパラパラのときがあって、作るたびに味も何もかも違っていたのが、だんだん安定していって、五年目くらいからは、ちょっとしたお店より美味しいかもってなってね。十年目くらいからは本当に、どこの蕎麦屋に行って食べてもお父さんの蕎麦より美味しい蕎麦には出合えなかったもの。ひょっとしたら日本一なんじゃないかって……」

「ちょっと待って、十年も続けたの？」

「十年どころじゃないわよ。結局、死ぬまでやってたんだから。それこそ二十五年……」

修一は驚いた。そんなに本気で蕎麦打ちをしていたことにも驚いたが、一番の驚きは二十五年も続けていたその蕎麦打ちを、自分がまったく知らなかったことだ。

「そんな旨い蕎麦を打てるようになったのに、どうして蕎麦屋をやらなかったんだよ」

「お父さんも、十年くらいした頃から自分の打つ蕎麦はどこにも負けないという自信ができたんでしょうね。物件となる場所を探したり、銀行に融資のお願いをしに行ったり、いろいろ動いていたんだけど、ダメだったの。時期も悪かったわ。ちょうどファンシーショップも開けているだけで赤字がかさむから閉めたばかりの時期だったでしょ。そのときにはお父さんも六十歳になってて年齢も年齢だったから、新しく店を始めると言ってもお金を貸してくれなかったのね。銀行は俺の打った蕎麦を食いもしないでダメだと決めやがるって怒ってたわ」

「そうか……」

「私ね、修一にいっしょにやってもらえばって言ったの。実際に息子さんがいっしょにやるならお金を貸すって言ってくれる銀行がほとんどだったのね。そしたら……」

「そしたら？」

修一は身を乗り出した。

「『あいつの人生はあいつのものだ。俺のやりたいことに巻き込むわけにはいかない。あいつには黙ってろ』って……まあ、ちょうどあなたが結婚したばかりだったってこともあるし、あなたに迷惑をかけたくなかったんじゃないかしら。まあ、そんなわけで、結局、お父さんはお金を借りるのをあきらめざるを得なかったの。ところがよ、それでもお父さん、蕎麦打ちをやめなかったのよ」

「店を開くのあきらめたのに？」

「あなたが実家に帰ってきて何か商売を始めたいと言ったときに、『蕎麦屋だったら手伝えるぞ』って言うためよ。父さん、あなたは自分と違って大学も出てる。しかも経営学部卒だし、ずっと営業をしてきたから、経営者になれるって言ってたの。でも自分はそういうのダメだから、職人として役に立とうって思っていたみたい」

「そんな……」

修一は絶句した。

「素直じゃないわよね。でも、あなたの人生を縛りたくないっていうお父さんなりの愛情なのよ。そして、もしあなたがどうしようもなくなったときには支えられる人でいたいという、これも父親としての愛情よ。だから、店が持てないとわかったからって気落ちしたようには見えなかったわ。それまでと同じように熱心に蕎麦打ちの腕を磨いていたのよ」

おそらく、運が貯まっていると思うことで続けられたのだろう。

民子は話を続けた。

「ただ、最後の方は少し気持ちが変わったみたいで、ほら、あなたが仕事を変えて保険の営業を始めたあたりから、忙しそうになったでしょ。こっちにも帰ってこなくなったし、電話でたまに話しても余裕がなさそうで、何かイライラしてるようだったから、お父さんは何か感じたのね。きっと、あなたが人生に行き詰まっているんじゃないかって。だから『一度修一に俺が打った蕎麦を食べさせてみよう』って言うようになっていたのよ」

「だからか……」

修一は、政史が晩年、電話をするたびに、「次、いつ帰ってくるんだ」と聞いていたのを思い出した。そんなことを聞くのは父親らしくなかったので、年をとってきてだいぶ弱ってきたのかと想像していたのだが、まったく逆だった。だいぶ弱っている様子の自分を見て、なんとか助けてやりたいと思って、声をかけてくれていたのだ。

修一は使い込まれた蕎麦打ちの道具を見つめた。鼻の奥がツンと熱くなった。

政史は、良蔵が息子に食べさせてやりたいと願った蕎麦を食べることができた。そして、そこから新しい人生を歩み始めたと言っていい。自分は、政史が自分に食べさせようと思っていた蕎麦を食べることがないまま、政史を見送ってしまった。これ以上ない親不孝をしてしまったような気がする。

「まあ結局、報われることのない努力になってしまったんだけどね」

民子の言葉に、修一は首を振った。

「報われない努力なんてないさ」

民子は目を見開いて、修一の顔を見た。修一はテーブルに両手をついて、政史の思いが宿っているように見える蕎麦打ちの道具を見ている。

「お父さんも、そう言ってたわ」

「そうか……そうだよな」

修一は一人で納得しているように何度もうなずいた。こぼれそうになる涙を必死でこらえながら、修一は言った。

「なあ、母さん。この道具、俺もらって帰っていいか?」

民子は笑顔でうなずいた。

「もちろん。ここに置いておいたら、お父さんがそばにいるような気がしてよかったんだけどね。でも、あなたが持っていた方がお父さんも喜ぶと思うわ」

修一は蕎麦打ち道具一式をもう一度風呂敷で包み直してテーブルの上を空けた。

「いったん向こうの部屋に置いてくる」

そう言うと、民子に背を向けた瞬間に涙がこぼれ落ちた。廊下を歩いていると、今にも、奥の襖が開いて向こうから政史が出てきそうだ。修一は心の中で、

「親父、ゴメンな」

と何度もつぶやいていた。つぶやくたびに涙があふれた。

民子もキッチンで泣いていた。


翌朝早く修一は実家を出た。

夕食のときに、

「ところで、母さんがしたかった話って何?」

と聞いてみたが、

「もう話したわ」

と言って笑っていた。修一が帰ってきたら、先ほど聞かせた、政史と蕎麦の話をしよう

と思っていたところだったそうだ。

「まさか修一が、お父さんが登山に行った帰りに何かを買ってきたということを知っているとは思わなかったから、本当に驚いたわよ」

と、民子は同じ話を何度もした。

電車を乗り継いで名古屋まで出たときは、もう八時半を回っていた。そこで脇屋の携帯に連絡を入れて、今、名古屋にいるということと遅刻をするということを伝えてから、新幹線に乗り換えた。

脇屋は、「みやげのひとつでも買ってきてくれよ」以外は、特に何も言わなかった。電話をしたときは、新幹線の改札を入ったあとだったので、修一は慌てて待合室の中にあるみやげ物コーナーに走った。何を買うべきか考えながら販売コーナーに着いたが、そこに立った瞬間に買うべきものは決まった。

車内はほぼ満席で、修一は三人掛けの真ん中のBの席が何とか買えたのだが、いざその席に行ってみると、隣の窓際に座っていた女性客が抱っこしている子どもが飲み物をこぼしたらしく、座席が濡れていて座れなかった。

「すみません。ここ、どきますから、こっちを使ってください」

そう言って、その女性が子どもを抱えたまま席を立とうとしたが、修一は手で制した。

「いやいや、そのまま座っててください。僕は車掌に言って別の席に変えてもらいますから」

そう言ってその場を離れた。

8号車付近で車掌と会って事情を説明したら、案内されたのはグリーン車だった。

「指定席は満席のご予約をいただいておりますので、こちらをお使いください」

修一は、ちょっとだけ苦笑いをした。

「運を使っちゃったかな」と思ったのだ。その瞬間に、自分があの運転手の価値観に自然と染まりつつあることに気づき、おかしくなった。

隣の座席で、パソコンを開いて仕事をしているビジネスマン風の男性に、

「失礼します」

と一声かけてから座席に座った。

「保険というのは相互扶助の精神を形にした商品なんです。つまり、いざというときに助け合う仲間の集いです」

「ほう。それって俺が作りたい会社の理想そのものじゃないか」

「たとえば百人の人が毎月お金を出し合ってプールしていく。そのお金はその百人の人たちみんなが困ったときに使う権利がある。ただ〈困った〉というのも人それぞれ基準が違ってしまってはいけないので、こういうときには使えるということを決めよう……と取り決めがある。そういうものです。

だから〈掛け捨て〉という言葉だけ聞くと、何もなかったときに損しているように感じるかもしれませんが、世間でよく言う〈安心を買った〉というだけでもないような気がするんです。保険というのは本来、将来の自分のために貯めてあるというよりは、今困っている人がいて、その人のために援助しているということだと思うんです。そうやって払ってきた人だから、自分が困ったときにも助けてもらえる。まあ、私個人の解釈ですけど」

修一は、隣の座席の山本に、一生懸命保険の話をしている。

出会いというのはわからないものである。隣の座席に座った山本は、名古屋を中心に飲食店を八店舗経営しているらしい。経営者のセミナーに参加するために横浜に向かっている途中で、隣に修一が座ってきた。もちろんそれだけで、保険の会話になどなるはずもないのだが、新幹線が浜松を過ぎたあたりから山本がソワソワし始め、修一に何か話しかけたそうな雰囲気になっているのがわかった。修一は隣の男性はトイレに行きたいのかもしれないと思い、それとなく、

「立ちましょうか？」

と言ったが、彼は首を横に振ったあとで、

「それ、どうやって手に入れたんですか？」

と言いながら修一の鞄にぶら下げていた、ブラックバスのフィギュアを指さした。

山本曰く、相当レアな品物で、マニアの間では伝説級の一品らしい。

修一は、あっさり
「差し上げましょうか？」

と言いながら、それを鞄から外して山本に差し出した。

もともと自分にとっては興味があるものではない。おそらく、この出会いのためにあの運転手が自分に授けてくれた〈運の転機〉を起こすアイテムなのだろう。

そこから会話が始まった。

修一が、生命保険の営業をしているという話をしたら、山本は興味を持ったらしく、

「話を聞かせてくださいよ」

と言い出した。どうやら店が上手くいっていて儲かっているらしい。

「税金対策に保険でも入ろうかな」というのが会話の入口だった。

修一は特に自分の会社の保険商品の説明をするわけでもなく、保険というものがどうい

うものなのかを説明していた。

「なるほどね。掛け捨ての保険は、自分が何も使わなかったとしても、安心を買っただけではないってことですね。実際に、そのお金で同じ保険に入っている仲間を助けていたということなわけだ」

「そうです」

「上手いこと言うね。そうやって営業の人が儲けてるんでしょ」

修一は微笑んでうなずいた。

「もちろん、その助け合いの仲間の中に保険の営業マンも入っていますから、契約をいただいた最初の一年は、営業マンも一定割合いただいて、それで生きています。だから、僕たちもそれに助けていただいて生きています。でも、最初の一年間だけです。二年目以降は僕たちはほとんどいただいていません」

「そうなの？」

「はい。だからもし保険に入られるのなら、この人を儲けさせてあげたいと思えるくらい信頼できるいい人を探して、よく相談して納得して入ってください」

「え？　岡田さんからは入れないの？」

「私ですか？」

「そう。だって今までいろんな保険の営業の人と話したけど、岡田さんだけだよ。『掛け捨ての保険は、安心を買ってるだけじゃない』とか教えてくれるの。俺、そういう人にお願いしたいから」

修一は苦笑いをした。

「私は……どうもこの仕事に向いてなさそうなので、転職しようかと思っているんです」

「そうなの？」

修一はうなずいた。

「それじゃあ、このストラップをもらったお礼ができないんだけど」

修一は笑った。

「こんなおもちゃひとつのお礼に保険に入ってもらえるんですか？　それは山本さん、やりすぎですよ。今お話ししたように、もっとちゃんと考えた方がいいです」

「いやいや、もともと入ろうと思っていたところだったから。どうせ入るなら岡田さんにお願いしようという話ですよ」

山本は頭をかいた。

「もし、山本さんが本気で保険をお考えなら、僕が心から信頼している営業マンを一人紹介しますよ。その人から入ってもらえたら僕はありがたいです」

「岡田さんは、それでいいんですか?」

「ええ。ただし、本当に入るかどうかはしっかり考えてくださいね。そして、入ったからにはすぐにはやめないでください。仲間を助けるチームの一員になったつもりで……」

そう言いながら、修一は山本と名刺の交換をした。

「で? 岡田さんは、もう何やるか決まっているんですか?」

修一は苦笑いをした。

「ものになるかどうかもわかりませんが、いつかは蕎麦職人になりたいと思っています」

頭上のもの入れに置いた紫色の風呂敷包みを指さした。

「へえ。趣味か何かでやってたんですか?」

「いいえ、これからです」

山本は驚いた顔をした。どうやら本当に驚いたときには声が出ないらしい。ところがこの言葉にいちばん驚いたのは、修一自身だった。ふと口をついて出た言葉が、

「蕎麦職人になりたい」

だったのだ。自分でもなぜそんなことを言ったのかがわからない。でも、自然とその言葉が出てきたというのは、自分の心の奥底でそれを欲しているということではないかと思えた。

山本は新横浜で降りた。

修一は車窓から東京のビル群をボーッと眺めていた。本当に不思議な数日間だった。一つひとつ自分に起こったことを思い出すのにも時間がかかる。ただ、やはり自分の人生を変える転機になる数日間だったことは間違いない。

運転手の顔を思い出そうとした。ところが、どんな顔だったか、はっきりと思い出せない。今思えば、父の政史の若い頃に似ていたような気もするし、全然違う人だった気もする。

不思議なタクシーに乗って運転手といろんな会話をして、いろんな場所に連れて行かれた、その唯一の証とも言うべき、もらったブラックバスのフィギュアも手元からなくなってしまった今となっては、あれが本当にあったことなのかすら自信がなくなっていく。

それは夢ではなく現実であることを示す唯一の証は、それと引き換えにもらった山本の名刺しかない。

こうやって少しずつ過去のことになっていくのだろう。

新しいスタート

　修一が事務所に着いたのは十一時頃だった。脇屋は特に怒った様子もなく、ただ修一の報告を待っているようだった。修一は、脇屋のデスクに歩み寄った。不思議と緊張はなかった。

「遅くなってすみませんでした。これ、おみやげです」

　修一は脇屋に「赤福」を差し出した。伊勢の名物だが、名古屋駅で買われる人気の土産物でもある。

「お！　赤福か。子どもの頃からこれに目がなくてね」

　そう言いながら、嬉しそうにそれを受け取ったが、机の上にそれを置くとすぐに修一の顔を見た。

「で？」

　どうして名古屋にいたのかを報告しろと言っているのだ。

「実は、今月は西導ゼミナールさんの解約なんかもありましたので、どうしても契約を取らなければいけないと思い、実家の方のツテを辿って営業をかけられないかと、あちらの方に行っていまして」

「岡田の実家って確か……」

「岐阜です……」

「ああ、そうだったな」

「それで、名古屋で八店舗のお店を経営している山本さんという方が保険に興味を持っているということでお会いしてお話してきました」

「取ったのか?」

「それが、興味はあって、入ってくれそうなんですが、自分ではどうも力不足で最後の最後、信用してもらえないみたいで、もうちょっとわかりやすく教えてくれる人を寄こせということになりまして、『うちの会社の脇屋という者からあとで連絡させます』ということで、社長の名前を出してしまいました」

脇屋はしばらく修一の表情をうかがうように、じっと見つめていたが、やがて、

「わかった」

と一言だけ言って、手を差し伸べた。

修一はその手に、先ほど新幹線でもらった山本の名刺を渡してその場を辞した。

家に帰ってきた修一を見て、優子は驚いた。

「何、それ？」

「これ？　あとで説明するよ」

「もしかして……蕎麦打ちの道具？」

風呂敷包みを受け取った優子が目の前でそれを観察するようにして言った。

「ああ」

修一はそう言うと、靴を脱いでさっさと寝室へと入っていった。

優子の目には、修一が心なしかいつもよりも明るく映った。

「何かいいことでもあったのかもしれない」

という優子の予想は、その日の夕食後の修一の話であっけなく外れた。食事が終わると、いつものように夢果はすぐに自分の部屋に籠もりに行った。

食卓が片付けられ、優子が食器を洗い終わると、修一は先ほど持って帰った風呂敷包みを寝室から持ち出してきて、ダイニングテーブルの上に置き、風呂敷の結び目をほどいて中を見せた。

「蕎麦打ちの道具なのはさっきも聞いてわかったけど、どうしてそれを持って帰ってきたの？　なんだか……新品ではないみたいだけど」

修一はうなずいた。

「親父の形見みたいなもんだ」

「お父さんの？　蕎麦打ちの趣味なんてあったんだ」

感心しながら、優子はその道具を手に取ってまじまじと見つめた。一つひとつの道具に年季が入っているのがわかる。

「その話をする前に、ひとつ謝らなきゃいけないことがあるんだ」

「何？」

優子は眉間にしわを寄せて身構えた。手にしていた蕎麦打ちの道具をテーブルの上に置くと、ダイニングテーブルの椅子を引いてそこに座った。

「実は、一週間ほど前、大量の保険解約があったんだ。件数で言うと、二十件」

その数を聞いて、優子は、ああ、と思った。十ヵ月ほど前、飛び込みで取った学習塾の先生たちだろう。祝杯を挙げたのがつい昨日のことのように思い出される。

「それを何とか取り返そうと、この一週間、いろいろとあがいてみたんだが、結局ダメだった。だから、次回もらえる給料は、今までの半分ほどになってしまうんだ」

「どうするのよ……」

とは、優子は言わなかった。その代わり、

「まあ、仕方ないわよ。それにほら、どのみちあと二ヵ月で十二ヵ月だったわけだし……」

と返した。修一がこの仕事をしている以上、そういうことは起こり得るということをどこかで覚悟していたからだというのもあるが、どうにかできることなら修一が何とかしていただろう、と思うからだ。

優子が冷静なことに修一は驚いた。

「どうしてそんな大事なことを今まで黙ってたのよ」

とわめき散らすことだってあると覚悟していた。そうでなくても、少なくとも冷たい表情でため息のひとつくらいはついて、

「最悪……」

と、つぶやく姿を想像していたのだ。もしかしたら、ことの重大さを理解し切れていないだけかもしれない。修一は覚悟を決めてすべて報告することにした。

「ああ、そう言ってくれると助かるが、一年以内の契約解除の場合は、もらった保険料を返金しなければならない。おそらくは次のボーナスから引けるだけ引いて、足りない分は

返金という形になるだろう。つまり……次のボーナスもないし、きっとその次もないだろう。予定していた夏休みの旅行もあきらめてもらうしかない。それどころか、このままじゃ生活費も足りなくなるから、夢果の進学のために貯めておいたお金も使わないといけなくなるだろう。夢果にもこの話はちゃんとして、今までは高校進学についても『行きたいところならどこでもいいぞ』と伝えてきたけど、ちょっとそういうわけにはいかなくなりそうだと伝えようと思う」

優子は自分を納得させるようにうなずきながら、その話を聞いていた。修一はその様子を見て、深々と頭を下げた。

「すまない」

優子は笑顔をつくった。

「むしろ……よかったんじゃないかな」

「え？」

修一は驚いて優子の顔を見た。修一の知っている優子なら、

「どうしてそういうことになるの！」

「そういうことは早く言ってくれないと、こっちにだって予定ってもんがあるんだから」

といった言葉を連ねて不機嫌になるはずだ。今の優子は、そういった様子はない。

「よかったかもって？」

修一は恐る恐る聞いた。

「うん。どうなるかわからないけど、夢果も自分の将来を考えるきっかけになるかもしれないし、旅行だってきっと『行くな』ってことなのよ。きっと、むしろこれでよかったって思える日がいつか来ると思う」

「そうか……そう言ってくれると助かる。でも、もうひとつ、話をしなければならないことがある」

「何？」

「仕事辞めようと思う。今回のことで、やっぱり俺にはこの仕事は向いてないことがわかった」

「それでこれを……」

優子は目の前に広げられた蕎麦打ちの道具を見つめた。修一は首を振った。

「いや、蕎麦屋はいつかは実現しようと思ってる。でもそれは、日本一美味い蕎麦を打てるようになってからだ。まだ蕎麦なんて打ったこともないから何とでも言えると思われるかもしれないけど、これから何年かかってもいい蕎麦が打てるようになるまで練習しようと思う。そして、お前が『日本一美味いから店をやろう』って言ってくれるようになったら、蕎麦屋をやろうと思う」

「私が？」

「そう、優子が。お前が『これなら！』って思えるまでは、店は出さない」

優子は笑った。

「それまではどうするの？」

「まだちゃんとは決めていないが、昼は働かせてもらえる蕎麦屋を探して、夜勤で稼げる仕事を探そうと思う」

「それで大丈夫なの。ちょっと身体が心配だけど」

修一は微笑んだ。

「大丈夫。人生の目標ができたから」

そう言ってみて修一は、自分の人生において未来に到達したい目標地点が初めてできたことに気づいた。現状は厳しい。前途も多難であろう。でも内側から湧いてきたやりたいことがあるときには、未来というのは明るく見えるものだ。

「わかった。じゃあそれまで私もそれをサポートする」

「すまない。きっと今まで以上に……」

「わかってるって。私ももっと働かなきゃいけなくなるかもしれないんでしょ」

優子の物わかりの良さに、若干驚きながらも修一は、優子に心から感謝して、もう一度頭を下げた。

「それより、なんで蕎麦なの？　お父さんの形見ってどういうこと？」

「それがさ……」

修一はどこからどこまで話していいものか迷った。おそらくあの不思議な運転手の話をしたところで信じてもらえないだろう。修一は、

「不思議な縁がつながっていって、実家の近くにまで営業に行くことになったんだよ」

という曖昧な表現にとどめておいた。

その夜、修一は辞表を書いた。


次の日の金曜日、修一は会社を休んだ。

その日はその月の締め日の前日だったが、締め日が土曜日だったので、今月分の給料額が決まったことになる。結局、修一は二十件の解除された契約をひとつも取り返すことができずに給料日を迎えることになる。その日まで有休を取ることにした。急な話だったが脇屋は特に何も言わず許可してくれた。なんとなく修一が辞めようと思っているというこ

とを感じているのかもしれない。

　給料日は翌週の木曜日だが、月、火、水と政史の道具を使って蕎麦打ちをしてみた。蕎麦と言うにはほど遠い得体の知れないものができあがり、道が思っていたよりも険しく遠いもののような気がして修一は唸ったが、

「まだ始まったばかりじゃないか……」

　と自分を叱咤激励した。

　給料日には、月に一度の全員参加の会議がある。その会議終了時に封筒に入った給与明細を、一人ずつ社長から受け取ることになっている。

　修一は、封筒を受け取るときに、脇屋に声をかけた。

「社長、少しだけお話があるんですけれども、時間をとっていただけますか」

　脇屋は修一からの申し出を予期していたかのように、すぐにうなずき、言った。

「私の方でも話があったんだよ。一件、電話をかけなければならないから十五分後に応接室でいいか？」

　修一は頭を下げた。

　自分の机に戻った修一は、封筒を開封して給与明細を取り出し、金額を確認した。明細に印字された金額を確認するときは、増えているときも減っているときも、ちょっとした

緊張感があり心拍数が上がるのだが、この日はいつもとは違って落ち着いていた。

脇屋は約束通り十五分後に応接室に現れた。先に部屋に入り、座っていた修一は席を立って脇屋を迎えた。

「すいません。時間をとっていただいて」

脇屋は笑顔で小さく手を振った。

「気にするな」ということだ。

「話って何だ?」

そう言いながら、脇屋が椅子に座る。修一はそれを見て自分も椅子に座った。

スーツの内ポケットから辞表を取り出してテーブルの上に置いた。

「実は、会社を辞めさせていただこうかと思います」

脇屋は表情を変えず、その封筒を見つめた。修一は脇屋から何か聞かれるかと思い、言葉を切ったが、脇屋が特に何かを話す様子がなかったので、続きを自分で話さなければならなかった。

「理由は、そこに書いてありますから、後ほど読んでいただければわかると思います」

しばらく気まずい沈黙が続いたが、脇屋はあまり気にする様子もなく封筒を見つめている。修一が「辞めたい」と言い出すのはわかっていたとでも言いたげな落ち着いた雰囲気だ。これだけ大量の一斉解約があったのだから脇屋でなくとも、修一が辞めるであろうことは想像がつくであろうが。

　脇屋が封筒に落としていた視線を修一に向けた。表情は穏やかで、笑っているようにも見えた。

「他に話すことはあるか？」

「今までお世話になりました。結局、ほとんどお役に立てませんでしたが、社長には本当によくしてもらったと思っています。不器用な上に、変に頑固なと言いますか、素直じゃないところがありまして、実は、最近になってようやく社長の言われていた言葉の意味も、自分なりに素直に受け取ることができるようになったことがありました。そんな自分ですから、本当にご迷惑をおかけしたんじゃないかと思います」

「ほう、具体的にはどんなことだ？」

「たとえば、社長がよくおっしゃる『プラス思考で誰よりも笑おう』という言葉です。自分は、プラス思考というものがどうも苦手で、それを言われるたびに、そう簡単になれるもんじゃないんだよって、心の中で反論ばかりしていました。素直じゃなかったんです。それが、あるきっかけで、本当のプラス思考とは何かを知りました。それを知ってからは、自分が苦手だったんじゃなくて、素直じゃなかったんだってわかったんです」

「岡田の考える本当のプラス思考って何だ?」

「自分の考えた、本当のプラス思考っていうのは、自分の人生を使って運を貯めて、自分が生まれたときより……」

ここまで言って、修一は頭に電撃が走ったような衝撃を覚えた。頭の中でいろいろな出来事が浮かんできてはつながっていく。それはあまりにもバカげた想像だったが、それでも強烈な説得力をもって自分に迫ってくる。修一は心拍数が上がるのを感じた。

「どうした? 自分の生まれたときより?」

「いえ、それよりちょっとうかがってもいいですか?」

「なんだ?」

「先週、赤福をお渡ししたとき、子どもの頃から好きだったっておっしゃってましたよね」

「ああ」

「社長、ご出身はどちらですか」

「伊勢だが」

修一は続きを聞くのをためらった。

「それがどうした?」

「いや、もしかしたらと思っただけですが、変なことを聞いてもいいですか？」

「何だよ」

「社長のおじいさんってどんな方でしたか？」

「俺のじいさん？」

脇屋は、本当に変なことを聞かれたとでも言いたげな困った顔をした。

「俺の親父が生まれてすぐに戦争で亡くなったからわからんよ」

「もしかしてサイパンですか？」

脇屋は驚いて修一を見た。

「どうしてそれを？」

「私の祖父もサイパンでした」

「そうか」

そう言うと脇屋は腕組みをして考え始めた。今度は、脇屋の顔色がみるみる変わるのを修一は眺めることになった。しばらくすると、脇屋は急に椅子から飛び上がらんばかりに勢いよく前のめりになった。修一は思わずのけ反った。

「ひとつ聞いていいか」

「は、はい……」

「お前、この仕事辞めて、……蕎麦屋になるつもりか？」

「……」

修一は絶句した。

「はい……でも、どうしてそれを？」

脇屋は顎に手を当てながら、落ち着きなく部屋の中を歩き回り、しばらく考えごとをしていたが、やがて元の冷静な表情に戻って、椅子に腰掛けると、

「いや、なんとなく言ってみただけだ」

と言って、椅子の背もたれにもたれかかったと思ったら、

「じゃあ、私の方の話をしてもいいか」

とすぐに話を続けた。

「あ……はい」

「今日の給与明細を確認したか？」

「はい。そうだ、それについてもお話ししなければならないと思っていたんです。今月は西導ゼミナールの一斉解約があったので給料の額がかなり減るはずなんですが、いつもよりちょっと多くなっていました。あれは間違っているんじゃないかと……」

修一は減るはずの給料が減っていなかったことを正直に報告した。

「いや、間違えたわけではない」

「どういうことですか？」

修一はいぶかしがって尋ねた。

「先週の木曜日にお前からもらった名刺の山本さん。名刺にケータイの番号が書いてあったから、連絡を取ってみたら週末はまだ東京にいらっしゃったから、会ってきたんだよ」

「そうですか」

「よくよく話を聞いてみたら、お前の力不足で……なんて話、嘘じゃないか。お前から保険に入ろうとしたら断られて、俺を紹介されたって言ってたぞ」

修一はバツが悪くなって苦笑いをした。

「それは……もう辞めるつもりだったので、少しでも社長に恩返しをしたいと」

「まあ、そんなところだろうとは思ったが……とにかく話をしてきたんだ。山本さん曰く、お前の保険の説明に感動したらしい。山本さんが作りたい会社の精神はまさに、お前が説明した保険の〈仲間〉という概念といっしょだったそうだ。

山本さんの会社は八店舗とも若い人たちばかりが働いていて、元気もあるし夢もあるんだが、保険というものには興味を持っていない。でもお店を出したりする夢を実現するためにも保険は重要だって山本さんは思っているんだ。だけど、それを上手に若いスタッフたちに話をすることができないで困っていたそうだ。そこで、彼らを集めるから、ファイナンシャルプランナーとしてあの話をしてやってほしいとおっしゃるんだよ」

「講演ですか？」

「そうだ。受けておいたぞ」

「え？　社長がするんじゃないんですか？」

「どんな話をしたかもわからないのに、同じ話をしてくれと言われてもできないだろ。それに、山本さんはお前に話をしてほしいとおっしゃったんだ。お受けした以上お前に行ってもらわなければ困るんだよ」

「そう言われましても……」

修一は弱り切った顔をして頭をかいた。

「ファイナンシャルプランナー？　講演？」

辞める話をしにきたはずが、思ってもみない展開になり、修一は困惑した。頭はめまぐるしく動いているのに、どうしたらいいかがまったくまとまらない。講演などというものは、自他ともに認める成功者と言われる人がするもので、自分とは無縁の仕事だと信じて疑っていなかっただけに、急に湧いてきた講演話に戸惑い、思考停止に陥るのも無理もなかった。

「自分のような落ちこぼれ営業マンが講演なんて……」

「山本さんは、お前が提案する保険になら入ってくれるそうだ。同時に、会社に出入りする保険の営業マンをお前に指名している。少しでも俺に恩返しを……という話が本当なら行ってきてくれ。それまでこれは……」

脇屋は修一が差し出した辞表を手に取った。

「俺が預かっておく。そのあとでやっぱり辞めるというのならそれでいい」

それでも迷っている様子の修一に、脇屋は追い打ちをかけるように言った。

「山本さんからは講演費用を前金でもういただいているんだ」

「お金もうもらっちゃったんですか？」

修一の声が裏返った。

「ああ。だからだよ」

「え？」

「お前の給料が減っていないのは。前金でもらった講演費用分増えているからだ」

「あ……」

「これは、この仕事を続けるからとか辞めるからという問題じゃないんだよ、岡田。これはお前にしかできないことなんだ。山本さんからいただいた講演費用はこちらが提示したものじゃない。山本さんが『岡田さんのあのお話を、この金額で、なんとかうちの社員たちにしてやってくれないか』ということで提案いただいたものだ。つまり、一人の経営者にとって、会社を経営する上で、お前のした話を社員たちに聞いてもらうことが必要だと感じたということだ。

わかるか。お前を助けるために提案してくれたわけじゃないぞ、自分の会社のために助けてくれ、と言っているんだ。それはお前にしか果たすことができない『役割』じゃないか。かっこいいこと言う必要もない。その話によって保険の契約を取ろうなんて考える必要もない。ただ、ありのままのお前の中にあった話に、『それが必要だ』と言ってくれた人が現れただけなんだ。ただ誠意を持って話をしてくれればそれでいい。そこから逃げてはダメだ」

「……」

修一はそれでも迷っていた。返事に困って机の上の一点を見つめながらどうしたらいいか考え続けた。答えが出るはずもなく沈黙が続いた。その沈黙を破ったのは苦笑いをしながら脇屋が小さい声で言ったつぶやきだった。

「講演を依頼されてそんな不機嫌な顔する奴があるか」

修一はハッとした。

「上機嫌でいなければ、運の転機には気づかない」

運転席から振り返った運転手の笑顔が脳裏に浮かんだ。

修一はとっさに笑顔をつくった。

「わかりました。やってみます。ありがとうございました」

そう言って深々と頭を下げた。脇屋は、それを見て満足そうにうなずくと、

「詳しい日程や時間帯、内容については、お前から山本さんにメールをして決めていってくれ」

と言って、応接室を出て行った。部屋に一人残された修一は、脇屋が机の上に置いていった山本の名刺を手に取った。自然に笑みが浮かんできた。

脇屋はすぐには自分のデスクに戻らず、事務所の入っているビルから通りに出た。

片側二車線の通りにはたくさんの車が行き交っている。思わず右側を見た。自分の方向に近づいてくるタクシーがある。自分の目の前で止まるかと思ったが通り過ぎていった。

「あれからもう十五年も経ったのか」

記憶の奥底に眠っていた、不思議なタクシー運転手との数日間に思いを馳せて、脇屋は思わず微笑んだ。

エピローグ

友人たちとのランチ会は話が長くなり、いつも予定している時間よりもかなり遅れて帰ることになる。この日も二時には帰る予定だったが、駅に着いたときには三時半を回っていた。予報では雨が降る様子がなかったから新しい靴をはいてきたのに、頭上は分厚い雲に覆われて大粒の雨がアスファルトに叩きつけている。

「もう、ホントやんなっちゃう」

優子は思わず独り言を言った。

駅前のロータリーにはタクシーを待つ長い列がすでにできあがっている。四時半に娘の学校で担任の先生との面談の約束があるのだが、並んでいるだけでも約束の時間が過ぎてしまうだろう。かといってこの雨の中では歩いて帰るわけにもいかない。結局、優子は、タクシーが次々現れるのを期待して長蛇の列の最後尾に並びつつも、雨が止むのを待つしかなかった。いわゆるゲリラ豪雨だろうから、しばらく待てば雨は止むだろうが、果たしてすぐに止んでくれるものか。

ひとつの望みは、自分が遅れても修一が間に合ってくれるかもしれないということだった。優子はスマホを取り出して、修一がどこにいるか確認してみた。修一の居場所を表す青い点は、〈西導ゼミナール〉という場所で止まっている。優子はその塾の名前に聞き覚えがあった。半年以上前に、修一がたくさんの契約が取れたと言って喜んでいたが、確かその塾の名前が西導ゼミナールだったような気がする。電話をかけてみたが応答はない。商談中なのだろう。場所は夢果の通う中学校からは結構離れているから、修一には期待できそうにない。

雨が止むのを十五分ほど待ったが、一向に止む気配はない。タクシーを待つ列もほんの数メートル動いただけで、自分の番が来そうにはない。ただ、西の空が少しだけ薄明るくなってきたのと、屋根に叩きつける雨音がだいぶ小さくなったのは事実だ。これ以上待っていたら間に合わないと判断した優子は、意を決して雨の中を走って通りの向こうにあるコンビニに行き、ビニール傘を買って帰ることにした。腰から下はびしょ濡れにはなるだろうが、約束を破るわけにはいかない。

「もう、最悪！　新しい靴なのに」

そう言いながら、列を離れてできる限り屋根のある場所を選びながら駅を離れた。最初の横断歩道で信号待ちをしているときに優子の目の前にタクシーが止まって後部座席の扉が開いた。優子は迷わずタクシーに飛び乗った。

「雅中学校にお願い」

そう言うと、バッグの中からハンカチを取り出して、

「もう、ホント最悪……」

と独り言をつぶやきながら、手や服についた雨粒を拭き出した。タクシーという密閉された空間にいると、先ほど友人たちといっしょにデパートの中を歩いたときに手につけた試供品のラベンダーの香りのハンドクリームが、体温の上昇とともに強い匂いを放っていることに気づく。調子に乗ってつけすぎたようだ。

運転手は、「はい」と小さく機嫌のいい返事をしてから車を動かした。

優子は今度はティッシュを取り出して、新しい靴についた水滴を必死で拭き取っている。ようやく拭き終わると座席にもたれて、「はあ」と大きくひとつ息をついた。

窓の外が、晴れている。ゲリラ豪雨が去ったようだ。

「もう、なんなの！」

誰に言うでもなく毒づくと、優子はケータイを取りだして、修一に電話をかけてみた。

「何？　……今仕事中だけど……」

修一の声から、彼のイライラが伝わってくる。優子はその反応にもイライラした。

「ねえ、わかってる？　今日、夢果のことで学校で話があるって」

「わかってるさ。わかってるけど、こっちは仕事してんだよ。途中で抜けられないだろ」

「それはわかってるよ。行けないんなら行けないで連絡してほしいだけ。ダメなら、私一人で行くから」

修一の舌打ちが聞こえた。

「じゃあ、聞いてきてくれよ」

「わかった。それから旅行の代金振り込んだ？」

「いや……まだ」

「ちゃんと振り込んでよ。来週までに振り込まないとキャンセル扱いになるから」

「ああ……それより」

「何？」

「いや、何でもない。とにかくよろしく頼む」

優子は大きなため息をつくと、電話を切った。

「はあ……」

運転手はミラー越しに優子の顔を見て声をかけた。

「大変でしたね、雨」

優子は苦笑いをした。

「そうですよ。ほんと最悪」

「でも、むしろよかったんじゃないですか?」

「え?」

「いや、むしろよかったんじゃないですかね。だってそのおかげでこのタクシーに乗れたんですから」

「まあ、そうね」

優子はあまり深く考えずに話を合わせるように返事をした。

「あれ、あまりそう思ってないでしょ。お客さん、このタクシーは特別なんですよ」

「そうなんですか?」

「はい、まず今日は料金をサービスしますよ。無料です」

「え? なんで?」

「メーターを見てください。壊れてるんです」

優子はメーターを見た。「70,020」になっている。

優子は一瞬驚いたが、壊れているから無料だと聞いてちょっと安心した。

「ホントだ。ということはラッキーね」

「そうですよ。雨が降ったことで新しい靴は濡れてしまいましたけど、この車に乗れたじゃないですか。ちょっと何か起こると反射的に『最悪』って思いがちなんですけど、『むしろよかったんじゃないか』って思ってもいいと思うんですよ」

「そうね。……でも、靴が新しいってどうしてわかるの？」

「普通、雨に濡れた靴を拭かないですよ。買ったばかりの人くらいです」

優子は車に乗ってから、ぶつぶつ言っていた独り言が運転手に聞こえていたような気がして、ちょっと恥ずかしくなった。

「起こった直後は『最悪』と思っても、時間が経って考えてみると『むしろよかったんじゃないか』って思えることばかりですからね、人生なんて。だから、最初から『むしろよかったんじゃないか』って思うと、結構いろんなことが楽しめるもんですよ」

優子は無言で運転手の話を聞き始めた。この車に乗ってから自分がしてきたことをたしなめられているようで恥ずかしくもあるのだが、運転手の話し方というか雰囲気は決して嫌な感じではなく、むしろ聞いていたいような安心感があった。

「こういう仕事していると、いろんな人を乗せるんですけどね、最初は『最悪』と思っても、それが将来の幸せにつながっているなんてことはよく聞く話ですよ。たとえば、ある奥さんの話ですけどね……」

運転手は問わず語りに語り始めた。

「旦那さんがある日突然高価なギターを買って帰ったそうなんですよ。しかも、お金があるときならいいんですけど、何を思ったか収入が減るってわかっているときに買ってきたんですって。旦那さんは保険の営業マンかなんかで、業績によって毎月給料が違ったそうなんですよ。おまけに、買ってきて数日間はギターを触っていたんですけど、数日後にすぐに別の趣味に移ったらしいんですよ。今度は何だと思います？　『蕎麦打ち』ですよ。そのあと、お給料が減るし、お客さんが解約した保険料を返金しなければならないからって理由で家族で計画していた旅行が取りやめになるし、奥さんは怒り心頭で、『もう最悪』って思っていたそうなんです」

優子は修一の顔を思い浮かべた。運転手の話を完全に他人事のように聞いていたのだが、旦那の職業が保険の営業マンと聞いて、途端に他人事のように思えなくなってきたのだ。それでもすぐに吹き出しそうになって首を振った。修一がギターを持っている姿なんて想像できない。世の中でいちばんギターが似合わない人の一人だ。

「そんな旦那がいたら大変ね……」

「でしょ。その人、それ以来ギターを買ってきたことなんて忘れて、蕎麦打ちばっかり家で始めたんですよ。……で、どうなったと思います？」

「すぐにまた別の趣味を見つけたとか？」

運転手は首を横に振った。

「『むしろこれでよかったのかも』と思える未来に将来つながったんですって」

「どういうこと？」

「蕎麦打ちを始めるきっかけは、自分の家族のルーツを知ったことだったそうです。その旦那さんは、それに打ち込むことで、生き方とか価値観が変わっていって、それとともに、業績が上がり続けたそうです。それから何十年も経って、念願の蕎麦屋もご夫婦で始められました」

「ふうん……」

「そのとき奥さんは感じたんですって、どんなことでも『むしろよかったんじゃないか』って考えることって大事だって」

「ギターは？　ギターはどうなっちゃうのよ？」

「旦那さんが放り出したギターは、当時不登校で学校に行かなかった娘さんが、自分の部屋に持っていって練習し始めたんだそうです。ご両親は、学校にも行かないで家にいたので、何もしないよりはいいだろうと思って好きにさせていたんですって。そうしたら十何年後に、有名なアーティストになったんですよ。ええと……名前をなんていいましたっけ？　忘れちゃいましたけど」

「へえ……そんなこともあるのね」

「これからですけどね」

「え？」

優子は運転手の言葉が聞き取れず聞き返した。

「何でもありませんよ。さあ、着きましたよ」

「あっ、ええ。ありがとうございます。えっと、本当に……」

「お代は結構ですよ。それより次のお客様を待たせていますので」

急げということだろう。優子は慌てて車を降りた。タクシーは後部座席の扉を閉めるとすぐに走り去っていった。

「むしろよかったんじゃないか……か。うちも夢果にギターでもやらせてみるといいのかしら」

優子はそうつぶやくと中学校の正門を中に入った。

雨は上がって晴れていた。

終

一つの作品を完成させるためには、たくさんの人との出逢いと、そこから得られるたくさんの経験や学びが必要です。本作品もそういったたくさんの出逢いと学びが重なって完成しました。その一つひとつをもたらしてくれたすべての方に、そして、とりわけ本作品の着想を得る際にご協力いただきました株式会社ヒーローズライフの木下雄詞さまに、この場を借りて、心より御礼申し上げます。ありがとうございました。

平成三十一年三月一日

著者

運転者　未来を変える過去からの使者

発行日　2019年3月30日　第1刷
　　　　2023年3月3日　第21刷

Author	喜多川泰
Book Designer	柳澤健祐（マミアナグラフィックス）
Photographer	永元秀和
Publication	株式会社ディスカヴァー・トゥエンティワン 〒102-0093　東京都千代田区平河町 2-16-1 平河町森タワー 11F TEL　03-3237-8321（代表）03-3237-8345（営業） FAX　03-3237-8323 https://d21.co.jp/
Publisher	谷口奈緒美
Marketing Solution Company	小田孝文　蛯原昇　谷本健　飯田智樹　早水真吾　古矢薫 山中麻吏　佐藤昌幸　青木翔平　磯部隆　井筒浩　小田木もも 工藤奈津子　佐藤淳基　庄司知世　副島杏南　滝口景太郎 竹内大貴　津野主揮　野村美空　野村美紀　廣内悠理 松ノ下直輝　南健一　八木眸　安永智洋　山田論志　高原未来子 藤井かおり　藤井多穂子　井澤徳子　伊藤香　伊藤由美 小山怜那　葛目美枝子　鈴木洋子　畑野衣見　町田加奈子 宮崎陽子
Digital Publishing Company	大山聡子　川島理　藤田浩芳　大竹朝子　中島俊平　小関勝則 千葉正幸　原典宏　青木涼馬　伊東佑真　榎本明日香　王廳 大﨑双葉　大田原恵美　佐藤サラ圭　志摩麻衣　杉田彰子 舘瑞恵　田山礼真　中西花　西川なつか　野﨑竜海　野中保奈美 橋本莉奈　林秀樹　星野悠果　牧野類　三谷祐一　宮田有利子 三輪真也　村尾純司　元木優子　安永姫菜　足立由実　小石亜季 中澤泰宏　森遊机　浅野目七重　石橋佐知子　蛯原華恵 千葉潤子
TECH Company	大星多聞　森谷真一　馮東平　宇賀神実　小野航平　林秀規 福田章平
Headquarters	塩川和真　井上竜之介　奥田千晶　久保裕子　田中亜紀 福永友紀　池田望　石光まゆ子　齋藤朋子　俵敬子　宮下祥子 丸山香織　阿知波淳平　近江花渚　仙田彩花
Proofreader	文字工房燦光
DTP	アーティザンカンパニー株式会社
Printing	中央精版印刷株式会社

・定価はカバーに表示してあります。本書の無断転載・複写は、著作権法上での例外を除き禁じられています。インターネット、モバイル等の電子メディアにおける無断転載ならびに第三者によるスキャンやデジタル化もこれに準じます。
・乱丁・落丁本はお取り替えいたしますので、小社「不良品交換係」まで着払いにてお送りください。
本書へのご意見ご感想は下記からご送信いただけます。
https://d21.co.jp/inquiry/

ISBN978-4-7993-2450-9
©Yasushi Kitagawa, 2019, Printed in Japan.